豐臣正清
艾蜜莉·斯塔林
三雲雛子

Character
松本依夜莉
松本修
桐山鞘音
莉潔洛特·
斯塔林

我依然心繫於你

あまさきみりと
Illustration フライ

2

Kadokawa Fantastic Novels

I'm still thinking about you.

Contents

序章

十二月——宴會廳大窗外面的景色，不知不覺被純白的結晶覆蓋。剛才還沒積雪，這是雪要開始變大的前兆。

緩緩飄落的細雪只有將城市表面染成白色而已，但在這裡長大的人都會不經意地心想，很快就要正式入冬了。

「哇——！他真的帶著吉他耶——！」

小孩子和幼兒毫不掩飾好奇心，紛紛跑上前。「又大又圓的雙足步行生物」君臨於無數孩童圍成的圓圈中心。

Q版的圓眼睛、長在兩頰上的三根長鬍鬚、有肉球的短手短腳……辛苦地揹在背上的，是跟這副模樣一點都不相襯的訂製吉他盒。蹭起來應該很舒服的純白毛皮被孩子們不客氣地亂摸一通。

那隻雙足步行生物動作十分僵硬。無意義地左右移動，腳尖還擦到地面，差點跌倒。

在不遠處看著的我拚命忍笑。笨拙的動作很可愛，迷糊的一舉一動實在太有趣。

「ＳＡＹＡ貓～！彈吉他給我聽～！」

純潔的孩子提出要求。眾多觀眾稱之為「ＳＡＹＡ貓」的這隻二頭身生物背上的吉他盒，並不只是裝飾品。

『——你們怎麼知道～！ＳＡＹＡ貓超會彈吉他的～！』

擔任主持人的女性拿麥克風催促ＳＡＹＡ貓，彷彿孩子們的反應全在意料之中。

ＳＡＹＡ貓將有肉球的短小雙手伸向背後，想拿出背上的吉他——

「…………」

想拿出背上的吉他——

「…………莉潔，吉他借我。」

卻拿不出來。以鞘……ＳＡＹＡ貓現在這隻又短又粗的手臂，碰不到背後。遲緩的動作刺激觀眾的心，使他們心生憐愛。

是說妳不要講話啦。小孩子會覺得奇怪吧。

「ＳＡＹＡ貓說話了——！」

孩子們大聲驚呼，他們的父母不禁笑了出來。

「這隻使魔是操線人偶（marionette）。剛才那是莉潔的腹語術。」

站在ＳＡＹＡ貓旁邊的哥德蘿莉少女幫忙救場。並沒有這種設定好嗎？

被指名的哥德蘿莉少女吶喊著「唯有被選召之人方能碰觸莉潔的聖劍！世界將就此崩壞！」將自己的木吉他遞給ＳＡＹＡ貓。世界當然沒有崩壞。穿著厚外套的人們面露笑容，室外的氣溫雖然只有十度左右，開了暖氣的室內卻還頗溫暖。

到這邊為止（除了ＳＡＹＡ貓說了一句話外）都跟事前安排的一樣。

ＳＡＹＡ貓拿起木吉他，代替打招呼。

長著可愛粉色肉球的左手按住指板……當然不可能按得住，五根手指直接從五個洞裡伸出來——用明顯屬於人類的右指拿著撥片撥動吉他弦。這麼做可能會破壞孩子們的夢想，可是不伸出手指要怎麼彈吉他？

算了，孩子們八成只會被ＳＡＹＡ貓的外型吸引，沒在注意偷偷伸出「變身前的手指」的雙手。

「……超難彈的。『可以把這東西脫掉』嗎？」

她用含糊不清的聲音抱怨，可惜對於會變身的生物來說沒有衣服能脫。還有，ＳＡＹＡ貓不會講人話，請妳不要講話講得那麼自然。

「……適合七彩風景的操線人偶。擁有與外表不符的灰黯的你，喜歡殘酷景象的是在夢中邂逅的廢人。我是追求人心的操線人偶。渴望不存在之物的愚蠢玩具。他一定就是這麼說的。」

完全不對。哥德蘿莉少女光明正大地亂掰口譯。

在一旁守望她們的我和女主持人不禁抱頭苦笑。

「ＳＡＹＡ貓好有趣喔！」

「這個吉祥物真的有股魔性。看似撿舊有的回來重複利用的角色設計超好笑。」

然而，我們白擔心了。傳入耳中的大多是正面評價。

年幼的孩子及家長、路過宴會廳前面的人紛紛對ＳＡＹＡ貓投以好奇的眼神，但下一刻，原本在閒聊的大人安靜下來，吵鬧的小孩也閉上嘴巴抱腿屈膝坐到地上。

ＳＡＹＡ貓站上簡易舞臺的瞬間，氣氛為之一變。因為行動遲緩又脫線的二頭身布偶裝，變成了優雅的歌手。

數十名觀眾被ＳＡＹＡ貓奪去目光。他們看得那麼入迷是很好，不過如果能幫忙拍個照片或影片傳到網路上，我會更開心。

來旅名川就能看到這傢伙。幫忙向全國宣傳吧。

『——敬請欣賞！旅名川的官方吉祥物，ＳＡＹＡ貓的演唱會！』

＊＊＊＊＊

三雲旅館的大宴會廳是近二十五坪的和室，由於白天不會有人使用，經常被借去給當地的小型活動當會場或等候室。於旅名川溫泉街辦完小型活動的我們在觀眾離開後的宴會廳稍作休息。

「……好熱。」

展現驚人存在感的ＳＡＹＡ貓一屁股坐到遼闊的空間。宴會廳開著營業用空調，所以很溫暖，穿著那套布偶裝應該熱到不行。

「可以解除變身了。」

「……嗯。」

貓咪的頭部被拿了起來，吉祥物解除變身。

「……唉。」

鞘音深深地嘆息，露出她的臉。透明汗珠自額頭及臉頰滑落。柔順秀髮的髮尾被汗水沾溼，帶有水氣的光澤莫名性感。我忍不住看呆了。

「裡面超熱的。又難行動……而且竟然不能說話，有夠累。」

「………………」

「……你在發什麼呆啊？笨蛋。」

我一恍神，鞘音就用布偶裝的手賞了我的胸口一記貓貓拳。力氣輕到可以加上「噗」的狀聲詞就是了。

我不好意思說她害我看呆……

「我只是在想，鞘音穿布偶裝的樣子果然很有趣～」

只好用膚淺的藉口掩飾害羞。

「……別露出那種像在嘲笑我的表情。」

鞘音大概是覺得我在笑她，心情不太好。

鼓起臉頰的表情也一樣可愛。

我遞出事先準備好的瓶裝水，鞘音接過後豪邁地大口喝下。標緻的面容和臉上的汗水相互輝映，變得像清涼飲料水的廣告一樣。也是啦，流了這麼多汗自然會口渴。

「把汗擦乾，以免身體著涼。妳先在這邊休息一會兒，之後我們再來確認一遍今後的行程。」

「……修，你越來越有經紀人的樣子了。」

「是、是嗎？」

我將毛巾拿給她，鞘音擦掉臉上及脖子上的汗水，露出淘氣的笑容。

「我能做的也只有這點小事。太雞婆了嗎？」

「……不會，真的幫了我很大的忙。一直以來……謝謝你了。」

我雖然不會跟鞘音一樣得到許多人的稱讚，能被鞘音感謝——比什麼都還要讓人高興。

所以我每次都會不小心太有幹勁。

「本來還想說現在是冬天，應該不用煩惱太熱的問題，看來最好裝個電風扇。下次在裡面穿一件涼感背心或許會比較好。」

變身用的布偶裝內部溼度很高。以後大概得將悶在裡頭的熱度排出去，準備讓身體降溫的服裝。光是明白這一點就稱得上大收穫。

「……這種活動還要繼續辦嗎？」

「咦？要辦到我們奪得吉祥物大獎第一名為止喔。」

她默默對我使出貓貓拳。

「認真說的話，在找到吉他彈得夠好的下一任SAYA貓前都得由妳上。短期內應該找不到就是了。」

「……我倒覺得不會彈吉他也沒關係。貓，很可愛。」

「不不不，妳太小看吉祥物這一行了。每一天，全國的市鎮村及自治團體，甚至連個人都包含在內，都在創造吉祥物，然後消失。在當地吉祥物飽和的這個時代，根本不會有人注意一般的貓。妳知道那個長得像青森蘋果的貓咪吉祥物嗎？他超厲害。打鼓的技術超強。」

「……修，你語速好快，我聽不懂你在說什麼。」

這是宅宅特有的語速。

「莉潔全聽見了。」

靠在宴會廳門口的莉潔帶著莫名帥氣的表情注視著我們。

我身邊竟然有人真的會講這句臺詞啊。她可能是想在最完美的時機加入話題，但我早就發現她在門口偷看了。

「聽說汝等在尋找救世主（Messiah）。尋求帶領汝等在以血換血的聖戰中贏得勝利之人是吧？」

「妳根本沒在聽我們說話。」

「符合資格之人就在此地！Messiah's name is Liselotte！」

在小小的胸前畫了個十字架的口譯——不對，救世主大人。

我對她投以溫暖的目光，這時莉潔往這邊衝來——

「要穿——！莉潔也要穿——！」

無理取鬧的救世主抓著我的背，用嬌小的身軀搖晃我。

年僅九歲的小學三年級生。不管她再怎麼會彈吉他，精神年齡仍是個小孩。莉潔不停揮動四肢，展現出與年紀相符的任性模樣。

「莉潔也想穿布偶裝嗎？要一起穿嗎？雖然裡面又擠又熱，但我可以抱住妳喔。」

鞘音小姐發揮母性，從背後抱住莉潔。

又不是二人羽織（註：日本的喜劇表演），變身成吉祥物的一個人就夠了……是說莉潔從背後抱住我，鞘音又從背後抱住莉潔的狀況，儼然是和樂融融的家族。

「哎呀～你們看起來好像新婚夫婦喔～」

路過宴會廳的人們也如此說道。我們看起來像一家人的話，代表我是爸爸，鞘音是媽媽……莉潔是小孩嘍？

不錯。不如說太棒了。如果各位看到有個噁男在妄想笑容不斷的一家人，自己在那邊笑得很開心，那就是名為松本修的廢人。

「三位辛苦嘍～來，這是給你們喝的！」

幫活動善後完的女主持人姍姍來遲，將罐裝熱咖啡拿給我和鞘音，莉潔則是紙盒裝的咖啡牛奶。

「唔唔唔。咕嘟咕嘟。口渴豈能迎接聖戰。」

喜歡那股甜膩餘味的莉潔挺起胸膛喝光咖啡色的牛奶。

至於這位「嘿嘿嘿」露出滿足的微笑，看著她稚嫩可愛的模樣的年長女性是誰……得先將時間倒回一些才能說明。

第一章 我有很多話想跟你說

我們參加城鎮振興活動的原因，與名為三雲雛子的女性有著密切關聯。

大約一個月前——十一月中旬。我住進了春咲綜合醫院，不過術後的恢復狀況不錯，所以我會用電腦在病房裡工作。

因為我想盡快處理好很多事情，例如製作獨立唱片公司的官網、製作名片、創立SAYANE官方粉絲團、準備販賣下載版歌曲等等。

SAYANE並沒有從大舞臺上消失。只是大學休學，回到故鄉罷了……聽起來很簡單，其實跟她之前隸屬知名唱片公司的時期可有著天壤之別。

名片和社群網站上用的「REMEMBER」，是獨立唱片公司的名字。

對從一切的開端「重新出發」的我們而言，老家跟事務所一樣。沒有媒體的人脈，也沒有預算舉辦大型演唱會，是如假包換的獨立音樂。

網路上也有人說鞘音引退了，但由SAYANE透過社群網站宣布獨立後，大多數的粉絲都感覺到「她想自由活動，不再被大人的原因束縛」的意圖，願意給予祝福。

儘管能做到的事有限，我想和鞘音一起分享想做的事。躺在病床上什麼都不做太浪費時間了。一小時也好，一分鐘也好，一秒鐘也好，我想取回我放棄的那五年。

經常來探病的媽媽唸過我好幾次「白痴，給我乖乖躺好！」。然而會客時間一過，我就會工作到深夜。

某一天——工作用的電子郵件信箱收到了一封信。

我用視力正常的右眼定睛凝視，仔細檢查內容。寫在內文最後面的寄件人名稱是「旅名川觀光協會　三雲雛子」。

我立刻回信，定好跟她見面的日期。對方考慮到我正在住院，願意在會客時間直接到醫院來。

「您好。是松本修先生……嗎？您好年輕喔！」

一般病房的大樓有可以用來會客的休息區。我和三雲小姐在只有自動販賣機和電視的地方第一次見面。隔著桌子相對而坐，做了簡單的自我介紹。

我們對彼此的第一印象都是「比想像中年輕」。因為用信件溝通時不會公開年齡，鄉下的觀光協會又大多給人是上年紀的人從事的印象。

身穿女用西裝，髮型是俐落的鮑伯頭，給人相當活潑的印象。而且隱約有種既視感。

三雲小姐今年二十七歲，果然是比我大的前輩。我主動表示「可以不用對我講敬語」，她便乾脆地答應了。

「奇怪……？我們是不是在那見過面？你小時候有跟正清學長和艾蜜莉學姊一起來我家泡過溫泉嗎？」

「咦……？三雲這個姓氏……難道是三雲旅館？」

「對對對，是我的老家！我學生時期有在旅館幫忙，覺得你挺像當時常來的男孩。」

原來如此。那時候我們並不認識，或許是因為常在旅館擦身而過，再加上臣哥和艾蜜姊會跟三雲小姐聊到，她才會對我有印象。

之後我們花了幾分鐘聊旅名川的事，馬上就混熟了。我們都和臣哥跟艾蜜姊關係親密，因此共通話題很多。

「以前的松本弟弟超早熟的～總是跟在艾蜜莉學姊的屁股後面跑！」

「別提這個話題了……當時的我就只是個色小鬼……」

三雲小姐想起以前的事，咯咯大笑。

「對了，你還跟艾蜜莉學姊一起泡過女湯對不對？」

「不不不……那是因為我還小，艾蜜姊主動提議的……是說！這話題對我不利，別聊了吧。趕快進入正題。」

「咦——？多聊點懷念的回憶嘛。」

跟艾蜜姊有關的回憶是我的黑歷史寶箱，拜託真的不要……

「你討厭被大姊姊調戲嗎……？」

「不至於討厭啦！不過反正都要被人調戲，我希望由艾蜜姊來調戲我！」

聽見她在耳邊性感的呢喃，無法堅決否定的我真沒用。三雲小姐明顯彎下腰，把身體貼過來，導致我連她的呼吸和肌膚的觸感都感覺得到。

調戲學弟很有趣嗎！我是不排斥啦！因為我喜歡大姊姊！

我被她的話術玩弄於股掌之間，不小心忘記了。若是平常，現在差不多是鞘音要來找我的時間——

「……修喜歡被年長的女性調戲呀。」

太過熟悉的聲音從背後落下。

彷彿全身散發寒意的鞘音帶著看垃圾的眼神站在那裡。

「沒有沒有……！我說的年長女性是指艾蜜姊……！雖然三雲小姐有種『親切的學姊在用富有深意的臺詞玩弄學弟～』的色情感……不是啦！」

「……好噁。聽不懂你在說什麼。」

拚命做出意義不明的辯解的男人確實很噁心。必須反省。

「……松本弟弟想被年長女性玩弄嗎？原來你有這種嗜好。」

壞心的學姊在我耳邊解放異常性感的呢喃。哎喲，我身為住院患者，自然在禁慾中。就算這樣，依然是個正值青春年華的青年啊。

妳這樣會害我在某種意義上感覺怪怪的……拜託饒了我吧。

鞘音默默對我投以冷酷的眼神也很恐怖。比任何治療都還要痛。

「嘿嘿嘿！不鬧你了，來講正事吧。妳就是那個ＳＡＹＡＮＥ小姐……對吧？」

「……沒錯，請問您哪位？」

「那正好！你們倆一起聽，我也比較省事。」

鞘音戴著喬裝用眼鏡，卻被三雲小姐看穿真實身分，催促她坐到我旁邊。她找我是想談跟SAYANE有關的事。這部分還在意料之中。

她將名片拿給入座的鞘音，跟和我見面時一樣向她自我介紹，帶著信心十足的表情，凝視坐在對面的我們——

「我想請SAYANE小姐擔任旅名川的觀光大使。」

斬釘截鐵地說道。

觀光大使似乎是在縣內外幫自己所屬的地區宣傳的職位，經常由名人擔任。因為人氣愈高，宣傳效果和經濟效果就愈好。

說鞘音是旅名川唯一的名人都不為過。尤其是年輕人特別喜歡她。鞘音略顯驚訝地睜大眼睛，最後以平靜的語氣——

「……我拒絕。」

乾脆地立刻回答。同時也是明確的拒絕。

聽見鞘音這句話，三雲小姐瞬間變得面無血色……趴到桌上。

她毫不掩飾失望，留下一句「我回去帶王牌再來一次……」搖搖晃晃地撤退了。不曉得她說的王牌是什麼意思。

她明明擺出一副大姊姊的態度，離開前卻雙眼泛淚，好可愛喔。

「為什麼要拒絕？感覺可以炒名氣，聽起來也挺有趣的啊。」

「……我害羞。」

鞘音低頭咕噥。

「……我不擅長在一堆人面前說話……裝出笑容做宣傳。我連在演唱會上致詞都會不好意思了……要我笑著跟人群接觸，光想都覺得有困難。」

她的音量小到不豎起耳朵就聽不見。我看得出來。她因為太難為情，不想被人看見表情才低著頭。連耳朵都有點紅，不曉得是不是錯覺。

鞘音的本性很容易刺激男人的心，害我心跳加速。因此我也沒來由地仰望天花板，以掩飾發紅的臉頰。

我正想起身走回病房……左腿和左腰卻使不出力氣，差點站不穩，鞘音立刻撐住我的身體。這段時間，我深深體會到妳就在我們能共享體溫的距離。

「……鞘音，謝謝妳。」

「……不用硬撐。修身體不好，就由我來支撐你。」

她毫無保留地用溫柔的聲音將我包覆。

每天都願意呼喚我的名字。

我是個僅憑這個就會對明天燃起活力的單純男人。

「那妳可不可以握住我的手？」

「這樣就行了嗎……？借你肩膀靠比較好走路，推輪椅這點小事我也做得來。」

「我想盡量靠自己的雙腳走路。因為我滿腦子都是出院後的安排。」

「……知道了。我會握住你的手。」

不能一直這麼弱不禁風。沒時間讓我慢慢來。

鞘音牽著我的左手，帶領我前進。我慢慢輪流移動顫抖不止的雙腿，邁出步伐。就算在黑暗中迷路，只要有鞘音在，我就能走向未來。

我要繼續努力，為了這次能換我走在鞘音身旁，換我來引導她。

＊＊＊＊＊

隔天發生了一起事件。我終於理解三雲小姐最後留下的那句話是什麼意思。她鍥而不捨地跑來找我，而且人數還變多了。

她帶來的不是觀光協會的職員。我十幾年來的朋友……不如說是「太過熟悉的兒時玩伴」，跟三雲小姐站在一起。

「晚啊——！身體還好咩——？」

響徹休息區的是帶著口音的刺耳男聲。他今天肯定也是開那輛會放超大聲嘻哈音樂的愛車來的。

「阿修，狀況怎麼樣？有乖乖吃飯嗎？」

這位則是天使。帶來安心感的純潔笑容是最棒的特效藥。雖然都過這麼久了，我可以哀嘆她被某位前不良少年騙去結婚嗎？

「Messiah's name is Liselotte。在此降臨！民眾啊，挺身而出吧！」

小救世主今天也是凜然又美麗。可以讓我當妳革命的同志嗎？就算只是一般民眾也好。

臣哥一家人常趁工作的閒暇來探病。

我和鞘音察覺到三雲小姐的計謀，發自內心不寒而慄。既然她把臣哥一家人帶來了，她引以為傲的王牌只可能是這個。身為夫婦倆的學妹，又跟他們很熟的三雲小姐跑去找他們哭訴……八成是這樣。

「正清學長很久沒見到我了，不高興嗎？這麼漂亮的學妹有事相求，沒有男生會不高興吧？」

「吵死了啦！一點都不高興啦！我是迫於無奈！」

臣哥嘴上這麼說，看起來卻非常開心。光是從那激動的語氣就聽得出來。

「艾蜜莉媽媽啊啊……喜翻。真的超喜翻妳……我會被妳那滿溢而出的母性殺掉嗚嗚……」

「乖乖乖♪哪來這麼大的小嬰兒，真讓人傷腦筋呢。」

三雲小姐換去纏艾蜜姊，把臉埋進艾蜜姊胸前（好羨慕）不停磨蹭。那個空間感覺超香的。好想住進去喔。

「……修，你腦中冒出了奇怪的念頭對吧。絕對。」

鞘音小姐鄙視的目光快把我殺了，我也因此驅散了腦中縈繞的煩惱。

這幾位過於強大的援軍對我和鞘音很有效。我們從以前開始就無法違抗這對夫婦。

「松本弟弟、ＳＡＹＡＮＥ小姐，我們來聊聊吧♪」

三雲小姐毫不掩飾燦爛的笑容，我們被她牽著鼻子走，坐到談判桌前面。她拿出各種文件，大部分都跟昨天的話題一樣。

「ＳＡＹＡＮＥ小姐願意成為觀光大使的話，我們可以為你們的活動提供協助。不管是人脈方面還是資金方面！」

「原來如此。有很多吸引我們的好處呢。」

我好歹是公司的代表，因此我仔細確認詳細的企畫案。說實話，人脈和資金我都等於沒有，還真的挺想要觀光協會的協助。

代價是幫旅名川宣傳的工作會隨之增加。鞘音不想答應的原因就在於此。

「聽起來很有趣啊！就這麼辦就這麼辦～！」

臣哥像個天真無邪的小學生。真羨慕他光憑幹勁就能活。

「人家又不是拜託你～鞘音好像沒什麼興致，不能硬逼她答應吧。」

「靠氣勢總會有辦法解決唄？當那個大使不是能在故鄉大玩特玩，大吃特吃故鄉的美食嗎？當我的跟班長大的鞘音不會不明白啦。」

「真是的～你還是一樣幼稚。鞘音已經長大了喔。她的工作又不是只有在鄉下的祭典上玩。」

「……艾蜜莉小姐，請多罵這個笨清幾句。這傢伙以為身邊的人智商都跟自己一樣低。還有，我才不是你的跟班，笨蛋。」

「笨蛋不處刑就治不好。應當處置。」

女性組嚴格譴責臣哥，超可憐的，害我忍不住笑出來。

「修——！身為我的頭號弟子，幫我回幾句話——！我不行了——！」

好廢！竟然跑來跟我哭訴！

「以我個人的意見來說，我希望鞘音以觀光大使的身分活動。因為這跟公司想多少回饋旅名川的一些方針一致。」

「不要講這麼正經的意見好不好——！搞得只有我一個人在耍蠢唄！」

「你自己叫我回話的！」

至今我都是拿臣哥的人生態度當目標，但現在我覺得千萬不能變成白痴（二十歲男性，自營業見習）。

「我這邊開的條件是希望各位策劃以鞘音為中心的活動。以鞘音的知名度還能幫旅名川宣傳，對我們都有好處。」

我也提出最低條件跟對方交涉。我不會看不起自己，覺得自己只是個小鬼還敢這麼跩。身為公司的代表人，讓對方提出給予旗下歌手最大尊重的條件也是職責之一。員工就我一個。不起眼也完全沒關係。為了讓鞘音能盡情唱歌，我會在背地全力奔走。

「好。如果你們願意答應，我保證會制定有一定表演機會的企畫，絕對讓這個企畫案在會議上通過！」

三雲小姐承諾會湊出用來給鞘音表演的地點和預算。

堅定的意志透過稍強的語氣傳了過來。

「就算基於習慣一直辦那些小活動，城鎮也會不斷衰退。對觀光協會而言，SAYANE小姐是振興城鎮的希望……若兩位肯跟協會合作，我們會盡量提供協助！」

三雲小姐期待地加強攻勢，斜眼對王牌艾蜜姊使眼色，彷彿要給予讓我們點頭的最後一擊。

「我希望能尊重本人的意志，卻又想看看各種風格的鞘音。這樣也能幫阿修創立的音樂廠牌宣傳，我認為跟觀光協會合作挺有效率的。」

艾蜜姊毫無惡意的話語慢慢軟化鞘音僵化的思考。有如一隻孤高的流浪貓的鞘音在艾蜜姊面前，也會乖得跟看到陌生人的家貓一樣！

證據就是那隻貓「嗚嗚……」呻吟著皺起眉頭，露出為難的表情。

「觀光大使！此乃聖戰的前兆……Messiah's name is 觀光大使！」

莉潔好像也興味盎然，鞘音的內心開始動搖。至於蘿莉山同學「……如果莉潔願意陪我，說不定會滿幸福的」脫口而出的欲望就先放在一旁吧。

「好啦好啦～！哈哈哈！」

「好啦好啦～！嘿嘿嘿！」

臣哥和三雲小姐勾肩搭背，慫恿鞘音「答應了啦答應了啦！」。

儼然是對感情很好的兄妹。

「搭配圖表看會比較好理解，旅名川的人口及觀光客數量每年都在減少。雖然搭上了數年前的吉祥物風潮創造出『旅貓』，但它似乎太沒個性了，認知度又低。」

「啊……是有這麼一個東西。我記得一下就消失了。」

「你們都大概知道三雲旅館（我家）的客人很少吧？其他旅館和附近的得來速，生意也絕對稱不上好。五年後還在不在都無法斷言。」

三雲小姐拿出觀光方面的文件。記錄人數的圖表及數字年年都在下滑，最後的救命稻草旅館業和餐飲業也一間間倒閉。數年前派出了吉祥物也毫無效果……不如說，只是在浪費珍貴的預算。

國中時期，旅名川有「旅貓」這個貓咪吉祥物，我只在當地的車站前和當地節目上看過幾次，之後就不為人知地消失了。

「差不多在我進公司一年後，我看中了SAYANE小姐。在高中時期華麗出道的少女是旅名川人……而且還要在旅名川重新開始，聽見這個消息自然會忍不住期待嘛。」

三雲小姐目光堅定，將以鞘音為中心的企畫書拿到我們面前，再次強調。

「至少要守住現有的活力。因為我也喜歡旅名川……我想和你……和你『們』一起做振興故鄉的美妙工作！」

她先是凝視鞘音，再對我投以渴望的目光。

誠心感到困擾的鞘音也跟著望向坐在旁邊的我。

「修……想怎麼做？你希望我怎麼做？」

她用摻雜期待及困惑的眼神尋求我的見解。

「我剛才也說過，從一個獨立廠牌的角度來看，我抱持肯定態度。但以松本修個人來說，我會尊重妳的意願。我只會接我們兩個都能樂在其中的工作。」

「……對不起。除了演奏和唱歌外，我不知道自己該做什麼才好……我感覺到大家很看好我……可是我沒信心回應這份期待。」

鞘音的聲音顫抖著，握緊拳頭。想做出貢獻，卻對自己不擅長的領域沒信心，無法忍受這部分被眾人看見。她的心情肯定很複雜。

「不好意思。我感到很榮幸，不過請容我拒絕這個提議。」

我以鞘音經紀人的身分正式拒絕對方。

我們所懷抱的力所能及的夢想，是一起笑著活下去。只會做我們想做的事。就算會被罵自我中心也無妨。我們不會再被看不見的某物束縛，不會再畫地自限。

考慮到鞘音的迷惘，三雲小姐將文件收進包包，微微揚起嘴角。

「嘿嘿嘿！沒關係啦！我才要道歉，提出這麼強人所難的要求……應該說，你們願意聽我說，我已經很感謝了。謝謝！」

三雲小姐彬彬有禮地低下頭，露出討好的假笑轉身離去。

離開前，臣哥對她說「下次要不要去喝一杯？來商量一下芋煮會要怎麼舉辦唄！」**（註：民眾聚集在戶外，煮以芋頭為原料的大鍋飯的地方活動）**三雲小姐笑著回答「真是拿你沒辦法呢。正清學長請客的話，我可以考慮看看～」，唯有這抹笑容像墜入愛河的純情少女一樣。

她沒留在家裡的旅館幫忙，選擇振興故鄉的小規模工作的理由——我好像有點明白了。

儘管交涉決裂了，我還是試著思考有沒有什麼主意。因為我很氣自己連替代方案都提不出來，非常不甘心。在「REMEMBER」起步的過程中，開闢出一條道路讓鞘音有充實的工作能做是我的職責。是只屬於我的光榮使命。

臣哥一家人回去後，鞘音會在病房待到會客時間結束為止，這已然成了慣例。

從艾蜜姊閃閃發光的藍眸判斷，八成是她特地讓我們兩人獨處。那個人對戀愛很敏感，擅長幫忙做球。

由於病房是單人房，裡頭只有我們兩個。鞘音不是愛說話的類型，所以我們之間經常沉默就是了。

我們共用插在智慧型手機上的耳機，把臉湊近以免耳機掉出來，聆聽同一首曲子。不用刻意開口，也能隱約察覺到對方的想法，能共享感情。這樣的距離感相當舒適。

若是現在，可能會有靈感。

我拿起自動筆，不是寫字，而是在歌詞用的筆記本上畫圖，畫了又擦掉，如此反覆。嘗試畫出記憶中的模樣，卻因為畫太爛的關係無法重現。

我深刻體會到自己的畫技之差，試著整理浮現腦海的想法。

「……呵呵。」

鞘音突然掩住嘴角，輕聲笑了出來。她似乎趁機從旁邊偷看到了我在畫的圖。

「……怎麼了？幹嘛突然開始畫熊？」

「這不是熊，是貓……」

「不像。完全沒有貓的樣子，我畫的說不定都比較好。」

被批評成這樣還挺受傷的……

我將自動筆和筆記本遞給展現毫無根據的自信的鞘音。這麼說來，好像沒什麼看過她在畫畫。因為她是個基本上會翹掉美術課的問題兒童。

既然妳這麼厲害，就讓妳畫畫看吧。

「……看，貓。」

五分鐘後，鞘音拿起的筆記本上……畫著一隻毛茸茸的不明生物。與其說畫得好不好，不如說她的品味太獨特了，凡人無法理解。

「我畫的比妳可愛好幾倍！哪有貓長這樣的！」

「……唉，不服輸很難看喔。」

她得意的嘆息看得我很火大，因此我指著我畫的圖反駁，鞘音也以莫名強勢的態度回嘴。無聊的對話。沒什麼內容。

這讓我覺得愉快到不行。

「好了好了～打擾嘍～」

媽媽右手拎著塑膠袋來探病。她會幫忙買日用品和消耗品給我，真的幫了很大的忙。提早做完工作，在會客時間結束前來看我也很令人高興。

「今天有點晚呢。塞車了嗎？」

「不是……我不久前就到了，可是你們在卿卿我我，我不好意思出聲。」

「咦……！我們只是在一起聽音樂跟畫畫耶！」

「啊～當事人都不會有自覺啦。真羨慕你們這麼開心呢。」

媽媽露出像在調侃我們的傻眼笑容，我和鞘音面面相覷，紅著臉移開視線，跟她形成強烈的對比。我覺得我們的相處模式跟國中沒差的說……沒人指出來還真不會發現。

「順便問一下，媽，妳認為誰畫得比較好？」

我打開筆記本拿給她看，請公正的第三者評斷。

「啥？都一樣爛啊。」

看來我們這對青梅竹馬的爭執挺幼稚的。

「鞘音，謝謝妳每天都來。偶爾可以待在家休息喔。」

「……沒關係。是我自己要這麼做的，只要不會給你們添麻煩，我會一直來看修。」

媽媽從塑膠袋裡拿出罐裝可可答謝她。

以季節來說應該是熱的。鞘音遲疑了一下，最後說著「……謝謝您。我不客氣了」乖乖接過鐵罐。

「今天你有吃飯嗎？該不會又剩下來了吧？」

「沒吃完……醫院餐不怎麼好吃。」

我把原因推到美味度上。病情會導致我食欲衰退和反胃，就算是量少的醫院餐也吃不下……我不敢據實以報，又討厭氣氛變凝重，便掰了個藉口蒙混過去。

刺在手臂上的點滴會為我補充不足的營養。

「你是不是變瘦了一些？」

媽媽微微眯起眼睛，緊盯著我的臉。

「出院後，我想吃媽媽做的菜。可以讓身體暖起來的溫暖湯料理之類的……」

「行啊，我煮你愛吃的芋煮。以前你跟鞘音最喜歡吃這個了。」

我和鞘音用力點頭。

「……依夜莉小姐的芋煮超好吃的。我之前就想再吃一次。」

「妳也可以來啊！我會用大鍋子煮一堆！」

出院後的期待增加了。對未來的希望又多了一個。

機會難得，我決定和媽媽商量觀光大使那件事。鞘音很難提供太大的協助，不過不曉得有沒有辦法辦點有趣的活動……

「若不喜歡談話性活動或宣傳活動，讓形象接近鞘音的吉祥物代替她介紹不就得了？」

媽媽帶著半開玩笑的態度輕浮地說道。

「這個……說不定可行。」

我在筆記本的草圖上又加了幾筆。

嗯，比想像中還適合。這樣應該會滿有個性的，還能期待它達到「間接的宣傳效果」。也有知名的前例。

我搭配拙劣的插圖，跟頭上冒出問號的兩人說明，她們大致能理解。我的想法不怎麼複雜，也不需要額外抽時間或預算來處理，或許可以跟三雲小姐提議看看。

「寫成簡單的企畫書好了。一個晚上應該就能寫好。」

打鐵趁熱。我正想打開筆記型電腦——

「……你還在住院，乖乖休息。」

「喂，笨兒子聽見沒？鞘音也多唸他幾句，快。」

鞘音身上燃起平靜的怒火斥責我，媽媽也在旁邊附和。

「我身體狀況很穩定，關燈時間都在睡覺耶。」

「騙誰啊。幫忙照顧你的護理師都跟我說了喔。你到半夜都在用電腦。」

媽媽看穿我隨口說出的謊言，沒收了我的筆電。沒了電腦……現在的我等於什麼事都不能做。

「媽，把電腦還我。我的身體沒問——嗚……！」

硬是伸出手的瞬間，眼前便產生不規則的模糊。暈船般的不快及暈眩感襲來。我反射性地抱頭，準備站起來的身體又坐回床上。

「修……？你不舒服嗎……？」

「沒有……沒問題。偶爾會像這樣頭暈……」

媽媽盯著垂下頭的我的臉看。直接對上她不安的眼神使我於心不忍。

「……你果然在硬撐。出院前就好好休息吧。」

「可是……我不工作的話，妳也——」

焦躁感每天都在膨脹，於心中捲起巨大的漩渦。莫名焦慮，操之過急，導致其他人為自己擔心，給人添麻煩。明明是只有我能做的工作，明明思緒是在前進的，遭到侵蝕的身體卻被留在原地。

「我……不想！被妳……拋下……」

語尾帶著哭腔，我誠心覺得想哭。無事可做的日常……彷彿喚醒過去的自己，從心底湧上的不甘蔓延而出，無法抑制。

跟憑自身的意志決定什麼都不做的那時候不同，現在……是沒辦法做。諷刺的是，讓我重新審視無意義的人生，撐起沉重身軀的根源同樣是疾病。即使如此，我實在無法感謝它。

對選擇和鞘音一起活下去的人來說，它成了可恨的障礙。

「為什麼……不能照自己的意思活著呢？我只是想要……普通的人生啊。」

我詛咒反覆無常的命運，怨恨硬將餘命這個殘酷束縛塞給我的人。在病床上哀嘆萬分，不斷地拒絕無法想像未來的現狀。

「……修。」

上半身被人包覆，擁入懷中。鞘音抱住了狼狽的男人。

「……我在哪裡？心臟的跳動聲……在哪裡？」

撲通，撲通。我把耳朵貼在鞘音的左胸上，生命的鼓動確實存在於此。

「我聽得見……鞘音的聲音。」

「……對。我桐山鞘音就在這裡。在你——松本修的……身邊。」

重合的兩人一直在一起（be with you）——倘若在我駐足之時，鞘音也願意停下來休息，現在這一刻，我是否就能允許讓無色透明的時間流逝而去呢？

「然後，修的聲音我也聽得見。我們再也不會『丟失彼此的聲音』。」

換成鞘音把臉埋進我懷裡。太過疏離、太過遙遠。之前聽不見的兩人的聲音交纏在一起。光是這樣就夠了。只要我們在一起，就不會再迷失方向。

「欸，我……是電燈泡對吧？抱歉，我太不識相了。」

戀人之間的相處模式當著媽媽的面表現出來……光明正大曬恩愛的我們立刻讓貼在一起的身體分開，掩住快要噴火的臉。

「松本先生經常熬夜，如果媽媽和女朋友能唸他幾句就太好了。明天是定期治療的日子，請您早點睡覺喔。」

「不好意思，我那沒用的兒子給各位添麻煩了。我會把他揍到昏過去。」

「這樣他會不能出院的！」

先不管那個亂開恐怖玩笑的不良媽媽了，被路過的護理師當成「女朋友」，一臉害臊的鞘音真的很治癒人。

「……我和依夜莉小姐、旅名川的同伴……最希望的就是你康復。工作和作曲那些事……等你痊癒再說。」

鞘音誠懇地低聲告訴我。我倒抽一口氣，低著頭頷首。

我可以依賴誠心為我著想的這些人嗎？

「明天不知道能不能見面，把時間用在自己身上吧。我也會努力快點出院。」

「……嗯。你一定做得到。」

今天的會客時間即將結束。

鞘音緊緊握住我的手，我不會忘記那雙手的觸感和溫暖。

只要想到妳，就能排解孤單黑夜帶來的寂寥，以及對未來深不見底的不安。

*****

隔天下午一點半，我坐在榻榻米的坐墊上。

我用食指撫摸木桌，表面的油讓它摸起來滑滑的。上面放著裝水的半透明杯子和水瓶。角落的筷架裝滿免洗筷，轉盤式的抽籤玩具還能用。嚴重褪色的菜單和漫畫書使我鮮明地回憶起小時候來過這裡的記憶。

這裡是旅名川得來速。我推薦的菜色是加了大量蔬菜的味噌拉麵……雖然我也只吃過這一道。

這裡在當地是重要的餐廳，辦法會時，參加者利用得來速吃飯是旅名川常有的事。例如修的父親去世的時候……

「抱歉抱歉！有點遲到了！好冷喔——！」

離約定好的時間過了五分鐘，穿便服的三雲小姐進到店內。由於她是小跑步過來的——大概在趕時間——嘴巴不停呼出白煙。

十一月已經過了一半。第一場雪還沒下，不過外面冷到不穿多一點就受不了。

「不會，是我自己突然聯絡妳的。我反而要感謝妳在百忙之中抽出時間。」

「今天的工作大多是跑外勤，我本來想找間便利商店解決午餐。妳約我吃飯剛好能讓我中午休息一下。」

她脫掉鞋子，走上榻榻米，隔著桌子坐到我對面。

「唔哇——！這個氣氛好懷念喔！這是多久以前的少年雜誌！」

三雲小姐環視有點老舊的店內裝潢，沉浸於小小的感慨中。放著會讓人疑惑「這是幾十年前的東西……？」的少年雜誌確實很厲害。

「妳以前果然也常來這邊嗎？」

「對呀。到國中時期為止，我常跟正清學長到這邊吃飯。」

「笨清也經常帶我來。和修三個人一起……艾蜜莉小姐偶爾也會加入。」

我和似乎是常客的三雲小姐聊著當地話題，迅速決定好要吃什麼。

「不好意思～我們要兩碗味噌拉麵。」

三雲小姐叫來店員阿姨，豎起兩根手指點餐。

說到旅名川得來速，果然就是要點這道味噌拉麵呢。我在內心擅自對她感到親近。就算是沒講過幾句話的人也能輕易找到共通話題，故鄉的力量真偉大。

「再兩盤煎餃，還有炒飯！」

沒想到她竟然還加點。看她身材這麼纖細，結果意外能吃耶……在我驚訝之際，三雲小姐立刻取消加點煎餃和炒飯。

「妳是不是在想『這女人好會吃……』？表情都僵住嘍～」

「……我有點嚇到。」

「以前的習慣害我不小心點太多。這是我當時常點的固定菜色，因為正清學長會和我分著吃。」

三雲小姐露出苦笑，可能是在緬懷過去。

「就算我吃不下，學長也會幫我吃掉。看他吃得那麼開心，有什麼煩惱都會像笨蛋一樣拋到腦後——」

講到這邊……

「不限於正清學長啦，我喜歡吃飯會吃得津津有味，食量大的男人！類似我的性癖，嘿嘿嘿！」

不知為何，我一句話都還沒說，她就急忙補充說明。

過沒多久，散發濃郁香氣的味噌拉麵送上桌了。我們都餓得受不了，很快就開吃了。

「啊啊……味道都沒變。雖然不至於到非常好吃，不知為何會有股安心感呢～」

「……我懂。蔬菜隨便的切法和黏在一起的麵都好懷念。」

講完膚淺的感想後，我大口吸麵，用湯匙舀起因味噌及高湯而變濁的湯，流進空蕩蕩的胃。我的平光眼鏡不斷起霧，但我毫不在意。被暖氣包覆的身體開始從內側發熱。衣服底下冒出不合季節的汗水，於是我和三雲小姐都脫掉一件上衣。

中午過後的店內沒有其他客人，只聽得見電視的氣象播報聲和我們吃麵的聲音。

「妳是桐山家的鞘音對吧？我兒子是妳的大粉絲，可以幫我簽個名嗎？」

我答應店員阿姨的請求，在她拿給我的簽名板上簽名。她的夢想似乎是把名人的簽名裝飾在店裡，我俐落地用麥克筆在另一張簽名板上簽了名。

「對待粉絲的態度也很熟練呢。不愧是抓住年輕人的心的孤高歌姬。」

三雲小姐佩服地說，接著又補了句：

「想不到人人崇拜的ＳＡＹＡＮＥ居然會跟不起眼的一般民眾交往。」

「嗚……咳……！」

突如其來的爆炸性發言害我嗆到，差點把拉麵噴出來。

「妳以為我沒發現嗎？看你們兩個的氣氛就隱約猜得出來了啦。一逮到機會你們就互相凝視。」

「……沒、沒有啊。」

「看到我在糾纏松本弟弟的時候，妳的表情流露出嫉妒，超嚇人的。」

我毫無自覺，根本沒意識到。頭好痛。

「小時候你也會跟他一起來我家泡溫泉。他是妳的初戀嗎？」

「…………麵要泡爛嘍。」

「戀愛話題比拉麵更重要吧！來聊點女生之間的話題吧？」

嗚嗚……三雲小姐是笨清教出來的學妹，所以也繼承了笨清風格。她一點都不怕生，好像以為吃過一次飯就是朋友了。

為了掩飾動搖，我選擇沉默，靠不停吸麵的聲音敷衍過去。

「好好喔～真青春～是初戀啊～」

「……我什麼都沒說耶。」

她已經認定修是我的初戀。

我的初戀是他沒錯……但我還不好意思自己講出來。

之後她又扔了好幾個戀愛方面的話題給我，不曉得是暖氣溫度太高、拉麵太燙，還是我害羞得臉頰發熱……再怎麼灌冰水都澆熄不了高昂的情緒。

三雲小姐忽然看向手錶，高聲驚呼：「哇！都這個時間了！」。看來她聊得太專心，午休時間不知不覺快要結束了。

「所以，妳今天怎麼約我出來？不會只是要吃午餐吧？」

她吃完拉麵，豪邁地喝光杯子裡的水，對我提問。

沒錯。我不是找她來聊天的。

「……前幾天妳提議的觀光大使那件事。」

「咦！妳願意答應了？」

「……不，我完全沒那個意思。」

正準備探出身子的三雲小姐立刻陷入消沉，趴到桌上。

「……妳也跟笨清一樣喜歡旅名川嗎？我忽然有點好奇妳沒在家裡的旅館工作，而是選擇在觀光協會就職的理由。」

「嗯……老實說，我對旅名川的愛沒學長那麼深。不過這裡變熱鬧的話，會有人為此感到開心。我做這個工作的理由就只有這樣。」

是為了鎮上的居民，還是為了名字一直出現在對話中的「特定人物」——直覺告訴我，繼續深究下去太不識相了。

「……修在摸索其他宣傳方式。他好像注意到之前那個半途消失的吉祥物，在想辦法拿它來重新利用。」

我打開我帶過來的「某本筆記本」，拿給三雲小姐。那是昨天修用來畫圖的歌詞用筆記本。再怎麼恭維都稱不上畫得好。儘管如此，我還是希望她能看出這是「旅貓拿著電吉他」

的圖。

「這張圖是！…………拿著鮭魚的熊嗎？」

根本看不出來。都是修的錯。

「……對不起，他畫得很爛，這是旅貓喔。如果能讓它拿著吉他，而且還能演奏，就能有更多宣傳和表演方式……這是修想到的替代方案。」

「哦哦，感覺挺有趣的。旅貓現在睡在倉庫，是可以讓他復活。經妳這麼一說，青森就有個超會打鼓的蘋果吉祥物呢！」

「我想……修的目標就是那個。也許是多管閒事，但……我們都想為故鄉做些什麼。」

「不會不會，請務必讓我參考。不如說我真想馬上寫成企畫書在會議上提出！」

三雲小姐激動得提高音量——

「可是問題在於，要由誰來扮演這隻吉祥物。要有影響力和話題性的話，必須是非常會彈吉他的人才行。」

卻一下就恢復冷靜，用略低的語調指出問題癥結。關於這部分，修沒有明言。大概是覺得我會排斥，特地不講出來的。

但他用歪七扭八的手寫文字——為拿吉他的旅貓取了這麼一個名字。

像鞘音(SAYANE)一樣的貓咪……ＳＡＹＡ貓。

這命名品味跟小學生差不多，不過很適合這個角色。筆記本上的設定也寫著「悶悶不樂的表情、不坦率、性情反覆無常、易怒，就是這幾點可愛」，就像是拿我當範本一樣羅列著幾個單字。有種被嘲笑的感覺，不太爽。

「我來。」

可是要以ＳＡＹＡＮＥ的身分唱歌，又要擔任吉祥物，應該很累人，希望期限能限制在還沒找到接班人的那段期間。

「我想得到某人的稱讚，所以我決定……稍微拿出勇氣。」

有人被上帝玩弄，被迫面對殘酷的命運依然願意拚命掙扎。

為了現在仍在努力的珍視之人，桐山鞘音自作主張了。心想著他會誇獎我嗎？會為我高興嗎？

雖然這是先斬後奏，但我有種可以和修一同歡笑的預感。如果對他來說，出院後的樂趣增加了，光這樣就值得高興。

我可以不用逞強吧。

背負期待的觀光大使一點都不適合我。

因為我們是天真地嬉戲著長大的。

一直一起幹蠢事吧。

所以我——要成為ＳＡＹＡ貓。

和三雲小姐吃完午餐後，她開公務車載我到春咲綜合醫院。她等等在春咲市好像還有工作，儘管只是順路載我一程，還是挺感激的。順帶一提，連味噌拉麵都是她請我吃的。

結帳的時候，我正想拿出錢包，三雲小姐就說「不不不，怎麼能讓學妹付錢。跟正清學長會請我和你們一樣」，一副理所當然的態度。

車子停在醫院的停車場。我從副駕駛座下車，本來以為車子會直接開走，三雲小姐卻拉下駕駛座旁的車窗。

「妳有用通訊軟體嗎？如果妳願意給我ＩＤ聯繫妳，我會很高興！」

她拿出智慧型手機。由於不會怎麼樣，我便口頭告知我的ＩＤ。

三雲小姐一操作手機，我的手機就震了一下。名為雛子的聯絡人送了貼圖給我。

「這是……旅貓嗎？」

Ｑ版的貓咪角色。連當地人都快忘記的吉祥物貼圖「多多指教喵♪」輕鬆地打著招呼。

「旅貓誕生的時候，也一起出了官方貼圖。這貼圖我們會再拿來用，多用給朋友和認識的人看，幫它宣傳吧～」

「……我的聯絡人只有五個。因為我沒朋友。」

她露出哀傷的表情。

附帶一提，那五個人是修、豐臣一家和我媽。有問題嗎？

「之後跟觀光協會合作的機會應該會變多，請多關照嘍！本來覺得ＳＡＹＡＮＥ小姐是話少難相處的類型，結果只是個戀愛中的少女，我放心了。」

她講話一直在刺激我的羞恥心！我這年紀也不是少女了！

「……我才要請妳多多關照。三雲小姐和笨清感覺有點像，很好相處。」

「啊哈哈……常有人這麼說。說我像學長的好友或妹妹。」

三雲小姐的表情看起來像在高興，也像在難過。雖說沒有具體的理由，那又悲又喜的表情……深深烙印在我眼中，揮之不去。

「要好好珍惜開花結果的初戀喔。因為大部分的初戀都會在得不到回報、當事人沒意識到的情況下悄悄結束。」

她像要掩飾什麼般笑了笑。明顯是裝出來的脆弱笑容。

她的車子輕快地開走後，廢氣的臭味和名為「留戀」的感情依然殘留了一會兒。

絢爛的餘暉從窗戶射入，穿過平光眼鏡，刺得我睜不開眼。

到了傍晚還是見不到修。雖然他叫我把時間用在自己身上，身體還是自動走向醫院，我也沒辦法。

我一下坐在大廳的沙發上，一下去院內的咖啡連鎖店喝黑咖啡，心情浮躁。

坐立不安，在院內徘徊。猶如亡靈的女人在九樓的展望臺停下腳步，戴上耳機。

眼前是能將春咲市中心一覽無遺的巨大窗戶。下午四點半，已經開始下沉的橙色太陽使我感覺到冬天即將來臨。

「……修，我好想見你喔。」

才一天沒見就想見對方的愚蠢女人。

我操作手機，手指撫上顯示著某首歌的播放鈕的螢幕。

be with you——即使我們不在一起，聽不見他的聲音，觸碰不到他，也能感覺到修的存在的詩。能跟你在一起的歌。

與你見面的日子，時間明明轉瞬即逝，為什麼見不到你的時候會覺得如此漫長呢？如果能反過來就好了。如果開心的時間能持續更久就好了。

我看著遠方逐漸染上淡紫色的天空，在內心許下任性的願望。

「桐山小姐，原來您在這裡。」

回到一樓的大廳，我遇見負責照顧修的護理師小姐。

她好像在找我。修住院住了一個月，我幾乎每天都會來，她自然記住了我的名字。

「可以去看松本先生了。雖然會客時間只剩下一小時左右，您要去看他嗎？」

我毫不猶豫地點頭。

我辦好會客手續，走進病房，裡面幾乎聽不見聲音。修睡在設置於中央的床鋪上，發出安穩的鼻息。

插在手上的點滴管讓人有點心疼。

「請不要硬吵醒他喔。我想他應該很累。」

護理師小姐輕聲告訴我，先行離開。我無法想像，不過他的心情……無法用痛苦、難受、艱辛這些陳腐的詞彙形容。

一個人會不會不安？會不會寂寞？

各種思緒湧上心頭，害我兩眼泛淚。視線模糊，但我不會讓淚水滑落眼眶。

因為我不希望修醒來的時候，看到我難看的哭臉。

我想帶著笑容等他，好讓修能放心。

我會握住你的手，現在就好好休息吧。

我哪裡都不會去。

會一直陪在你身邊。

所以——也請你陪在我身邊。

「……鞘……音……？」

修用擠出來的微弱嗓音說道。

不曉得是不是天花板上的燈太亮，修眨了好幾下眼睛，凝視著我。呼喚我的名字。

我依然心繫於你

I'm still thinking about you.

我們默默互看了幾秒。

「……早安，修。」

「…………早安。我覺得我睡了超久。」

太陽下山後的早安。

他睡眼惺忪的模樣真的很可愛。

那是我最喜歡的修的臉，所以我心裡湧現了憐愛。

修好像沒力氣坐起身，希望他不要勉強自己。躺在床上也關係，希望他聽我說說話。

表面上，我跟平常一樣冷靜沉著。其實我現在的心情跟要去郊遊的小學生一樣，只是絕對不會表現在臉上。明明都二十歲了，還是忍不住在內心歡呼。

等你出院後，我希望你跟我一起做的事變多嘍。

我找到可以一同耍蠢、一同歡笑的遊戲了。

雖然會客時間只剩幾分鐘。

今天——我有很多話想跟你說。

＊＊＊＊＊＊

十二月上旬——修回到旅名川了。
他裝出都市人的模樣抱怨「旅名川真的超鄉下」，一舉一動卻透露出發自內心的喜悅。
約兩個月的住院生活縱然治好了病，也要支付代價。
體力及肌力衰退、疾病導致的後遺症……剛出院時，他的身體連正常走路都有點障礙。
如今，儘管有時要由我或依夜莉小姐攙扶著他，修靠著自己的手腳，即使不太俐落卻也慢慢取回了日常生活。
或許會花一些時間。
但我相信修跟我說的那句話。
「這個病總有一天會完全治好」——
就算速度不快，也要向前邁進喔。
只要我們在一起，什麼都做得到。哪裡都去得了。
我再也不會拋下你。
因為我早已發誓，要用跟你同樣的速度一直走在你身邊。
「我今天要去跟學務主任商量事情。離旅中告別演唱會只剩三個月，該正式開始籌備了。」

我發現一個在自家穿上外套，把資料塞進包包的大白痴。

……無言。修才出院不到一週就想工作。不如說，住院時他就在工作了。剛出院時，他還開始開街頭演唱會的實況。雖說只要有手機和網路就能弄，我還是希望他多休息一下。

可以理解他坐不住的心情，但這傢伙就是個大笨蛋。

「……等依夜莉小姐下班，我要去跟她告狀。」

「拜託不要……！媽媽知道會罵死我……！」

修拚命拜託我別說出去，我嘆了口氣，默許他的行為。因為比起乖乖待在安靜的房間，朝著目標邁進的修更有活力。

我不討厭看見那樣的修。

「我很快回來。地點在旅中，別那麼擔心啦。」

修傻笑著說。只不過是身體恢復些許而已，馬上就得意忘形了。

我也一起去……我將即將脫口的這句話吞回喉嚨深處。

「……等一下。」

然後叫住準備穿上運動鞋的修，拿掉脖子上的圍巾，溫柔地圍到他裸露在外的脖子上。

修露出靦腆的微笑。

「上面還殘留著妳的體溫……好溫暖啊。」

……！拜託不要突然說這種撩人的話。連我都會害羞。

「外面很冷，有這條圍巾剛好。那我走了。」

「……路上小心。」

我目送修從玄關離開。他拖著左腳，姿勢有點醜，步伐卻讓人覺得相當輕快。甚至比他健康的時期更有力。

修的背影消失在視線範圍內時，我也從玄關走到庭院，臉頰和手背傳來冰涼的觸感。從冬天混濁的天空降下的銀雪，對旅名川的居民而言是每年都會看見的景色。

我回到自己家，把木吉他裝進吉他盒，跳了一下揹到背上。目的地是旅名川國中。要是修知道我出現在以前翹課會去的體育館前的樓梯，瞞著他唱歌，會不會嚇到呢？

幼稚的驚喜使我雀躍不已，踏進如同櫻花花瓣的粉雪中。

積著薄薄一層雪的白色路面上，是從修的老家出發的足跡。由於附近的居民幾乎沒人外出，腳印清楚地留在上頭，彷彿在為我指路。

修的腳……好大。不愧是男生。

我邊想邊配合留在雪地上的足跡走路。用我穿的長靴的鞋底將運動鞋的腳印一個個覆蓋掉。

我為幼稚的自己感到傻眼，腳步卻異常輕盈。因為我非常喜歡在平凡的日常中得到的微小喜悅。

希望這樣的日子能一直持續下去。
對我們來說，第二十一年的冬天要來了。
最幸福的——如淡雪般轉瞬即逝的季節。

第二章　冬天的幻想

『——SAYA貓的出道日決定嘍！』

我按下手機的通話鍵，將手機拿到耳邊，第一句聽到的就是這個。

討論完旅中告別演唱會相關事宜的當天傍晚，我在房間用電腦工作時接到這通電話。是觀光協會的員工三雲小姐，隔著聽筒都能感覺到她很有精神。

『——三天後的星期六出道！我會把三雲旅館的宴會廳布置成簡單的會場，邀請當地民眾和客人過來參加，感覺會是場小型的體驗活動。』

「原來如此……是說，三天後挺趕的耶。」

『——不好意思。因為要寫企畫書開會，還要商量宣傳方式，很多事要處理。畢竟要讓評價差的「旅貓」重新登場，不拿出連細部都規劃好的企畫，負責人就不會同意。』

她的語尾透出一絲疲憊，大概是真的很累。除了吉祥物的工作外，聖誕節到過年這段期間有很多活動，可以想像她的工作量一定很驚人。

『——過完年再開始也不是不行，但三天後旅名川滑雪場就開放了。往年會有很多來滑雪的住宿客，出道就要選在這個日子！』

凡事都是最一開始的衝擊性最重要。配合滑雪場開放的時間，一開始就讓人留下印象的意思嗎？

『——不過不過，三天後的活動只是小試身手，給當地人參加的。重點在聖誕節的雪燈祭！到時SAYA貓要來當吉祥物炒熱氣氛，幫我把二十五日空下來喔。』

每年都會在旅名川滑雪場舉辦「雪燈祭」。參加者親手做雪燈，點亮在山中開闢出來的廣大滑雪場的聖誕活動。

有小孩的家族或情侶可以一起做，一點亮雪燈，氣氛就會變得非常夢幻。根本是給擁有充實人生的人參加的祭典。

學生時期的我和鞘音不是情侶，也對那種活動沒興趣，所以從來沒參加過。

『——你聽過跟雪燈有關的都市傳說嗎？』

「喔……是有聽過。一起做雪燈的情侶會永遠在一起……是這樣嗎？」

『——拜這個傳說所賜，這是旅名川來客數較多的活動，但我今年想辦得更盛大一點。往年都只能看到學生和年輕人邊做燈籠邊放閃，盯著燈籠的光卿卿我我，我看了很不爽……不對，我想在其中加入吉祥物這種流行要素。』

怎麼有種帶有私人恩怨的感覺，可是我不敢吐嘈，便當作沒聽見。雪燈祭在當地是珍貴的年輕路線的活動，因此她好像想把規模搞得比往年更大。

「雪燈祭今年也預計在旅名川滑雪場辦嗎？」

『——對呀！現在還得忙著準備這些。』

我想到「一個主意」。為了舉辦吉祥物活動和雪燈祭，觀光協會一定會準備戶外舞臺。

就這樣讓他們利用ＳＡＹＡＮＥ的名義，一點都不好玩。我們公司也要積極利用對方。

「雖說是吉祥物，你們也算是借了ＳＡＹＡＮＥ的名義辦活動。希望妳也能聽聽我的要求。」

『──哦，什麼要求？跟姊姊說說看？』

我頓了一下，簡潔地回答，三雲小姐「嗯嗯──」煩惱過後……

『──老實說，人手和預算都滿吃緊的，不過這對旅名川來說有很大的好處，就算上司反對，我也會讓他點頭！推給聖誕節就對了！』

她態度一變，有點自暴自棄地一口答應。

「推給聖誕節硬逼人家同意……聽起來真棒呢。」

『──我要拚命跟人家拜託，很辛苦就是了！嘿嘿嘿！』

「謝嘍！不愧是臣哥的妹妹！靠幹勁活著超帥的！」

『──對吧對吧？我超帥的吧？』

我隨口捧了她幾句，結果連容易得意忘形的這部分都跟臣哥一模一樣。

「我會跟鞘音說聖誕節要辦『ＳＡＹＡ貓的活動』。至於我準備的禮物，等氣氛不錯的時候再送她好了。」

『──不要突然給我放閃！你想跟快三十歲的單身貴族吵架嗎──！』

她突然暴怒了！

『——好，來討論活動怎麼辦吧——！混帳東西——！』

我和自暴自棄的三雲小姐開始討論詳細的計畫。

在住院期間慢慢編織而成的「禮物」非常接近完成品了。

既然要送，我想在有戀人氣氛的時候送出去。雖然我是個很遜的浪漫主義者，大概會一直找不到時機。

現在先懷著對聖誕節的期待，偷偷準備吧。

*****

想親眼看看變身用的布偶裝，把鞘音找來我家比較快。而且也得實際讓她穿上去，訓練如何動作。

【旅貓要送過來了，麻煩來我家一趟】

我用通訊軟體傳訊息給鞘音。數秒後顯示已讀。

若是平常，很快就會收到「嗯」、「好」之類的冷淡回應，今天不知為何等了一段時間。是有急事嗎？

我默默地盯著畫面一段時間，收到鞘音傳來的訊息。

「咦咦……？」

我下意識地歪頭，
竟然是貼圖！
除了鞘音第一次用貼圖害我大吃一驚外，她用的貼圖實在太神祕了。
旅貓泡在溫泉裡，笑著說「這溫泉真舒服喵」。什麼東西？妳正在洗澡嗎？妳什麼時候買了旅貓貼圖？
【傳錯了】
貼圖正下方馬上冒出一句訂正。
然後像要雪恥似的冒出一個新貼圖。
是旅貓說著「貓咪衝刺！」用四隻腳跑步的圖案。不行……要怎麼不笑出來。
她沒再補一句「傳錯了」，表示她正在用貓咪衝刺趕來嘍。
五分鐘後，我在玄關跟與平常無異的鞘音面對面。
啊——好想看鞘音的貓咪衝刺啊。貓咪衝刺ＳＡＹＡＮＥ。
「……你在笑。」
鞘音板起臉來。看來我是心中的竊笑會反應在臉上的類型。裝樸克臉真難。
「妳什麼時候買了貼圖？」
「……三雲小姐送的。她叫我多用貼圖幫忙宣傳。」

噢，原來如此。

「……用法對嗎？」

「完美無缺。太棒了。」

「……你在耍我對吧。」

眉頭緊皺的鞘音很可怕，所以我中斷了貼圖的話題。三雲小姐還沒來，我便先請鞘音進到我房間。

媽媽還在工作，意即——我和鞘音是兩人獨處。我滿腦子都是健全男性會有的煩惱。

唉，到國中時期為止，我們兩人獨處明明都是很正常的事。以前我明明完全不會放在心上的。

好渴。對了，鞘音今天穿得特別漂亮。只是要來我家一趟的時候，她大多都是穿著旅中運動服。

為什麼呢？充滿男人氣味的房間，只不過是名為鞘音的女生降臨，就充滿了甜美香氣。女生真棒。

「……這是什麼？」

糟糕……鞘音的視線望向存在感拔群的鍵盤和電腦。我剛剛還在工作，所以螢幕上依然顯示著編曲軟體的畫面。

我急忙操作滑鼠，切換成睡眠模式。

「之後妳就知道了。現在先裝作沒看見吧。」

鞘音微微歪頭……

「……嗯，我什麼都沒看見……但我會期待的。」

最後對我投以摻雜著期待的純真目光。

心跳加速，視線無法停留在同一處。我這麼緊張，鞘音卻若無其事地環視我的房間。

「……衣服都沒摺。」

她指向亂七八糟堆在地上的衣服。

「媽媽會幫我洗衣服，可是她每次都直接丟過來……」

「……家事都是依夜莉小姐做的，只不過是摺個衣服，該由你自己來。」

「是。」

她講得太正確，我只能乖乖聽話。我和鞘音一起跪坐在地上，摺起遭到放置的衣服。專心摺衣服會給人一種精神逐漸端正……的感覺。

不多說閒話，將湧上心頭的煩惱統統摺好！

「……我好像這個家的一分子。」

鞘音講了句頗曖昧的話，害我的煩惱又來敲門。意思是鞘音要嫁進松本家嘍，是這個意思對吧！

當事人鎮定地在跟衣服嬉戲，看不出她現在是什麼心情。

「……這、這你自己摺。」

鞘音羞澀地別開目光，連臉都紅了，不曉得是不是錯覺。那堆衣服是我愛穿的四角褲。

「妳不是早就看習慣了嗎？呃，我沒有別的意思，國中妳也常來我房間啊。」

「……笨蛋。我和你的『關係』……跟那時候不一樣啦。」

當時的我們是青梅竹馬。對對方的內衣褲不會有什麼想法。

現在又如何？

我們的關係是——情侶。戀愛關係。

「…………………」

「……………………」

羞恥度一旦超越極限，人類就會陷入沉默。

太過缺乏戀愛經驗的兩人，掩飾不住第一次談戀愛的國中生般的青澀感，選擇採取「閉上嘴巴，忸忸怩怩地移開視線」的逃避行為。

「……我來摺。」

「……咦？」

「修的，那個，內褲，我來摺。」

她戰戰兢兢拎起我的內褲。

「不不不！我自己的內褲自己摺！」

「可、可是……！未來說不定……要由我做家事……！」

妳是怎樣！講這種意味深長的話，會害我忍不住妄想幸福美滿的家庭耶！

「妳願意幫我摺內褲的話，我……得負責摺妳的內褲才行。」

「……什麼？不行。你白痴喔。怎麼可能。」

「為什麼！想加深對彼此的了解，就得做到這個地步！」

我們的對話歪到莫名其妙的方向。鞘音抓著四角褲，我則主張「讓我摺妳的內褲！」的畫面——

「喂——請問這裡是笨蛋情侶的巢穴嗎？」

被身穿工作服、站在房間門口的媽媽全看在眼裡。我完全沒發現她回來了。

「全家都聽得見你們的聲音。感情好是很好啦，不過可別玩過頭，做起『奇怪』的事情喔。」

好、好尷尬……！不是險惡的氣氛，而是混合軟綿綿的感覺和羞恥，青春的苦澀滋味。

我可以斷言，我們到目前為止都沒做過情侶會做的事。

我也深深感覺到自己很傻。然而只要換個角度想，告訴自己這就是我們的交往方式，每句話都會顯得酸甜。我這個人很單純，所以我是真的覺得很幸福。

「如果實在忍不住，給我到外面做。」

我假裝聽不懂媽媽在暗示什麼，但現在都開始下雪了，室外鐵定很冷吧。妳可愛的兒子會凍死。

氣氛朝奇怪的方向扭曲，就在這時——

叮咚！

響亮的門鈴聲直接將它驅散。

特地按門鈴的人基本上都是客人，而我知道來者是誰。

「嗨——我帶旅貓來嘍～」

如我所料，在門口等待的人是三雲小姐。才剛過下午六點，屋外卻一片黑。稀疏的積雪發出瑠璃色光芒，感覺毛毛的。

「你的臉好紅喔，還好嗎？」

「沒事……不必擔心。」

不是什麼正當的理由，因此我決定帶過這個話題。

公務車停在庭院。三雲小姐打開後車廂，小心翼翼地將裡面的布偶裝拿出來。我和鞘音在玄關接過零件，搬進客廳。

我感覺到媽媽在隔壁的廚房煮晚餐。她迅速甩動平底鍋，加熱過後的油和食材熱情地在鍋裡舞動的畫面浮現腦海。我拿從小聽到大的豪邁炒菜聲當背景音樂，和她們倆一起圍在放在客廳的布偶裝旁邊。

「……有點髒呢。」

鞘音凝視著布偶裝的表面，皺起眉頭。

「咦——？我已經送洗過了耶。哎，畢竟它一直放在職場的倉庫嘛！」

嘿嘿嘿～三雲小姐苦笑著說。布偶裝上面到處都看得見與可愛外型不相襯的難纏汙垢及刮痕。雖然遠看可能不會發現。

「設定成旅貓去修行學吉他了如何？然後蛻變成滿身傷痕的ＳＡＹＡ貓……的感覺。」

「不錯！就用這個設定！」

三雲小姐接受我臨時想出的建議。這個人和臣哥一樣，是靠氣氛和幹勁過活的類型。

「變身成ＳＡＹＡ貓之前，換上方便活動的服裝是不是比較好？穿著布偶裝很容易流汗吧。」

今天鞘音穿的是便服。由於等等要換上用來變身的布偶裝，換成運動服之類的衣服應該也會比較舒服。

「妳以前都是穿旅中運動服，最近卻常穿便服來耶。」

「……不行嗎？」

「呃，沒有不行，不如說穿便服的妳有在約會的感覺，新鮮又可愛……！可是不久前妳還是運動服女，感覺挺不可思議的……」

本來已經做好她會罵我粗線條的心理準備，鞘音卻不肯跟我對上目光。

「……因為跟男友見面的時候，我都當成是約會。」

她的呢喃細不可聞。鞘音死都不肯抬頭，丟下一句「你的運動服借我穿」，便快步逃向我房間。

太大意了。太犯規了吧。我那性格乖僻的女友突然說出害我萌到不行的臺詞。啊啊，為什麼呢？天氣這麼冷，止不住羞赧的臉卻熱得快要融化。

過了幾分鐘，鞘音穿著我的旅中運動服回來，心不甘情不願地將身體塞進布偶裝。先是雙腳，再來是雙手。最後是整個身體。

鞘音脖子以下的部位變成ＳＡＹＡ貓了。

好有趣……只有鞘音的臉部從布偶裝裡面冒出來。

好想把鞘音一臉「你在笑我」的臭臉設成手機桌布。

「……不准拍照。要是你敢拍，就給我做好覺悟。」

準備從口袋裡拿出智慧型手機的瞬間，鞘音凶狠的一瞪害我心臟縮起來……我的邪念是不是表現得太明顯了？

我和三雲小姐從兩側抬起頭部，戴到鞘音頭上——

在年輕人之間極受歡迎的ＳＡＹＡＮＥ！

孤高的天才創作歌手ＳＡＹＡＮＥ！

變身成ＳＡＹＡ貓了！

可愛的臉加上完美的二頭身。頭部比身體還大的不協調感，抓住民眾的心。那就是吉祥物。被選來拯救鄉下的戰士。

或許接近變身英雄的概念。

「哇～！超可愛的～！哇～！」

三雲小姐激動地到處亂摸。ＳＡＹＡ貓不知所措，呆站在原地任由她處置。其實我也很想盡情把她全身上下摸一遍，可是看不見鞘音的表情好可怕，我決定自重點。

回歸正題，得檢查穿起來……不對，變身的感覺才行。

「視野如何？看得清楚嗎？」

「……這裡面好臭。」

「我等等噴除菌噴霧，先忍耐一下……」

她用含糊不清的聲音抱怨。比起視野，她似乎更介意味道。

「妳前後走動一下，看看方不方便行動。」

ＳＡＹＡ貓安靜下來。或許是還不習慣，他用慢動作般的動作邁出步伐，緩緩在客廳內走動……一步……兩步……停下。

每走一步就會停住，讓人懷疑是不是時間靜止了好幾次。

好焦躁。本來以為鞘音是無敵的，在吉祥物界她還是隻雛鳥嗎？如果引導沒自信的新人也是我的職責——

ＳＡＹＡ貓就由我來培育。

「鞘音……不對，我想拜託ＳＡＹＡ貓一件事。」

ＳＡＹＡ貓以吉他聲回答。

他不會說人話，所以既不否定也不肯定，用貓耳聽我說話。

「用貓咪衝刺給我看——好痛！等、等一下……啊……！」

ＳＡＹＡ貓迅速接近，繞到我身後，像要摸我似的使出貓貓拳。

「不對，不是貓貓拳——好痛！好痛！」

貓貓拳在我背上跳舞。

代替打招呼的刺拳、刺拳，趁亂使出的右直拳！

力道不怎麼重，她也沒有真的用全力。彎曲手腕使出的連擊砸在我身上，大概是在模仿招財貓。

很好很好，做激烈的動作布偶裝也沒破。機動性看起來也不差，明明是二頭身。

一直纏著我攻擊，證明她聽得見外面的聲音，也看得見外面。

故意惹怒鞘音，讓她激烈動作的計畫大成功。

「嘿嘿嘿～你們有自覺嗎？」

僵硬低沉的笑聲傳入耳中。我和ＳＡＹＡ貓轉頭，三雲小姐臉上掛著明顯的假笑。

「在二十七歲的單身女性面前放閃……好羨慕喔喔喔喔喔喔喔喔……」

「誤會。我只是想確認ＳＡＹＡ貓的活動能力……」

「閉嘴！嗚啊啊啊啊啊啊啊啊啊啊啊啊啊啊啊啊啊……………」

三雲小姐吐出發自靈魂的不滿，將下半身塞進暖桌，趴到桌上鬧起脾氣。

我不覺得我們有在放閃……無自覺真是罪孽深重。三雲小姐很會照顧人，個性又開朗，男人緣應該不錯啊。

「我也好想跟喜歡的人一起做這種事……哼——」

她似乎陷入消沉了。剛開始她還裝出一副大姊姊的模樣，結果果然是臣哥的妹妹。

這個人的精神年齡是不是比小她七歲的我還低？

「喂——晚餐好了，去把手洗乾淨。人都來了，三雲旅館的雛子也留下來吃飯吧？」

「哇——！謝謝～！當過不良少年少女的人做的炒飯超好吃的——！我下班就直接過來了，現在餓得要命！」

說到松本家的晚餐就是這個～媽媽送上桌的是閃耀金黃色炒蛋和焦香醬油光澤的不良媽媽炒飯。香氣刺激唾液分泌，消沉的二十七歲女性心情也整個好起來，衝去洗手。

「鞘音也要吃對吧？媽媽大概也有煮妳的份。」

「…………（點頭點頭）」

鞘音……不對，ＳＡＹＡ貓點了兩下頭。以角色設定來說是不能說話沒錯，但連在練習時間都乖乖遵照設定，這認真的態度讓人覺得很可愛。

「大家好～！我聞到依夜莉姊做的飯的味道，來蹭飯吃哩！」

「沒人叫你來啦，白痴，給我滾回去。我要收你兩萬日圓入場費。」

「為啥只有我被當成夜總會的客人！不過如果依夜莉姊願意接客，要我付兩萬日圓也行！真期待把妳帶出場！」

「你好噁，真的別再來我家了。」

低能的臺詞從門口傳來，媽媽像在敷衍小弟一樣。雖然他講得一副是被香味吸引來的模樣，其實我早就跟他們約好了，因此臣哥一家也坐到了餐桌前。

我還在當家裡蹲的時候，晚餐都只有和媽媽兩個人一起吃。僅僅是填飽肚子的過程，我又不怎麼活動，所以只會攝取少量的食物。

但現在不同。我會邊吃邊聊天，塞滿嘴巴的媽媽料理嚐起來特別美味。開始到外面工作後，食欲也增加了，甚至會吃第二碗。

對正常生活的人而言並不罕見的景色。對我而言，是總算取回的小小幸福。所以，縱使是平凡無奇的日常——我也會忍不住刻進回憶中。

我不是為了吃飯才找臣哥一家來的。晚餐後，ＳＡＹＡ貓的特訓第二部才正要開始。

不過媽媽是早睡早起的人，馬上就去洗澡了。

我打算把留下來的臣哥他們當成觀眾，和三雲小姐一起按照我們寫的劇本排練。

ＳＡＹＡ貓把背帶掛在肩上，拿起電吉他，站到坐在客廳的毛毯上的臣哥一家前面。

「喂喂，貓咪小姐怎麼不說話？嘿——講幾句話來聽聽啊……呃啊！住手……好痛……！別、別再打了……！」

「………（踹踹踹）」

臣哥突然勾住ＳＡＹＡ貓的肩膀騷擾她。ＳＡＹＡ貓反射性往他身上狂踹。從臣哥的哀號和沉悶的打擊聲來判斷，ＳＡＹＡ貓真的在踹他。現在是怎樣？害我忍不住笑出來。

「哎喲……搞不好會被小混混纏上啊？我想測試看看她會怎麼應付唄……想不到會有吉祥物真的動腳踹人……」

ＳＡＹＡ貓這張憨憨的臉毫無反省之意。

「ＳＡＹＡ貓！正清學長喜歡被踹，不踹死他哪有意義！」

「不不不！我只想被依夜莉姊踹！不要把我講成誰來踹都會爽的輕浮男！啊！啊啊啊啊啊——————！」

洗完澡碰巧路過的不良媽媽踹了一下他的屁股，鄉下的小混混哀號著趴到地上。表情沒有一絲痛苦，彷彿安詳地睡著了。

「剛洗好澡的依夜莉姊……超香的……」

三雲小姐用看垃圾的眼神看他，和面帶苦笑的艾蜜姊形成反差。連遺言都很噁的男人就不用管了。將拿躺在地上的臣哥當椅子坐的莉潔當成小孩子觀眾排練吧。

「好幾年前開始去山中修行，將音樂之道鑽研至極致的『旅貓』回來嘍～！他竟然跟那個SAYANE合體，變成『SAYA貓』了～！」

預計擔任主持人的三雲小姐，用對待小孩子的態度唸出劇本上的臺詞。

「那大家一起呼喚她的名字吧～！一、二、三！」

「染上鮮血的國家，被神明拋棄了。我們該前往的地方是奧爾良！」

「哪有這種小孩！聽不懂妳在說什麼！」

三雲小姐一秒吐嘈。

一般的小學生的概念可不能套在莉潔身上。

「SAYA貓～♪加油～♪」

「有這種媽媽好棒喔……唉……我也好想讓她為我打氣～」

艾蜜姊僅僅是陽光地送上聲援，便綻放出驚人光芒，害我心中的興奮下意識脫口而出。我是個健全的男性，說實話真的受不了。不愧是松本修基於自身喜好選的「真的很想跟她搞外遇的女性」的榮譽成員。

「…………（盯）」

SAYA貓好像在瞪我。好恐怖。希望她沒生氣。

三雲小姐恢復精神，重新開始排練。

「ＳＡＹＡ貓是怎麼出生的呢～？」

「…………（噹噹噹）」

ＳＡＹＡ貓做出撥弦的單調動作。

由於吉他沒跟音響設備接在一起，只聽得見撥片撥弦的細微聲音，麻煩想像一下加了特效和擴音過的版本。

「原──來如此。是在旅名川泡溫泉的一般民眾突然變身成的呀～！」

「…………（噹噹）」

這次她用左手的手指敲打琴衍搥弦。

「嗯嗯，你和旅名川的名人ＳＡＹＡＮＥ師父一起去山中修行，繼承了她的吉他之力！所以才變成了ＳＡＹＡ貓～！」

「…………（鏘鏘）」

她反覆上下撥弦。

和弦是當場編的，不過由於鞘音的技術好到能將基本指法操控自如，再加上每個音符都能看出她多有天分的旋律成了動聽的樂曲，再三刺激聽者的情緒──很容易就能想像出這個畫面。

「今天有沒有幹勁呀～？」

「…………（鏘鏘鏘噹噹噹）」

「哦哦，看起來幹勁十足呢～！」

表示自己情緒激動時，用常人看不清的速度撥弦！毛茸茸的左指在名為指板的直線舞臺上踩著俐落又複雜的舞步。兩手的食指到小拇指共八根手指，在六根吉他弦上驚險地狂舞。好妙的畫面。可愛的外表，再加上彈吉他時兼具冷酷及熱情的反差，肯定會蔚為話題。

「莉潔也要！莉潔也要！」

不曉得是不是被ＳＡＹＡ貓的自彈自唱刺激到了，莉潔跳來跳去。

「以莉潔的體型來說有困難耶。變身用的布偶裝是給大人穿的。」

「只有大人能穿，太奸詐了——！小心遭到制裁——！救世主的怒火將為聖戰揭開序幕！」

莉潔超級生氣。咱們家任性的救世主真令人頭痛。

「阿修，能找工作給莉潔做嗎？這孩子很單純，只要她覺得好玩應該都會感興趣。」

「既然是艾蜜姊的請求，誰有辦法拒絕呢！交給我吧！」

「哎喲～阿修果然很可靠♪」

我怎麼可能拒絕艾蜜姊的要求！

她還順手搭上我的肩膀，害我這個愚蠢的男人暗自竊喜。漂亮大姊姊跟自己有身體接觸，理性一下就會蒸發。

「莉潔非常有個性，包裝得好說不定能大受歡迎喔。」

「我也這麼覺得！這孩子不是普通的小學生。跟洋娃娃一樣可愛稚嫩的外表，大人應該會很喜歡！」

看來三雲小姐也發現莉潔的潛力了，但她好像想到有點危險的方向，是我誤會了……？

妳是不是想討特定族群的歡心啊……

「ＳＡＹＡ貓彈完吉他後，讓莉潔幫忙口譯如何？由三雲小姐狠狠吐嘈莉潔亂七八糟的翻譯緩和氣氛。」

「這主意不錯。莉潔的媽媽贊成♪」

您的笑容世界第一可愛。

ＳＡＹＡ貓也拚命比讚。這傢伙已經是蘿莉控貓了吧。

「ＯＫ——！我幫ＳＡＹＡ貓加上這個設定。」

「三雲小姐，ＳＡＹＡ貓是真實存在的。布偶裝這個名稱是變身道具的隱語，其實是鞘音變身而成的。用設定這個說法不恰當喔。」

「喔、喔喔……ＯＫ。原來松本弟弟是會在這方面鑽牛角尖的類型……」

在下是害三雲小姐有點驚恐的龜毛青年御宅族，松本修。

ＳＡＹＡ貓的官方網站和社群網站已開設完畢，需要在資料欄補充角色的境遇。ＳＡＹＡ貓是靠吉他聲說話的貓咪，但莉潔這個專屬口譯會幫他翻成日文的裏設定。

「ＳＡＹＡ貓！今天開始，你就是莉潔的傀儡人偶。」

請不要加上複雜的世界觀。

「…………（抱緊）」

蘿莉控貓小姐也請不要從背後抱住幼女。

「我忽然想到，布偶裝的手不能彈吉他吧？」

艾蜜姊彬彬有禮地舉起右手，指出問題所在。變身後的手掌上有肉球，所以實際演奏時，不可能做得出纖細的指法。

「鞘音，變身後的手很難彈吉他嗎？」

「…………（點頭）」

她輕輕點頭。ＳＡＹＡ貓張開毛茸茸的手掌舉到我面前。

「的確……這樣別說按住吉他弦，連拿撥片都有困難。」

「哎，沒辦法。本來的旅貓又不會彈吉他。」

嘿嘿嘿～三雲小姐輕笑著帶過去。但這個問題必須盡快解決才行。

ＳＡＹＡＮＥ變身成的吉祥物，跟ＳＡＹＡＮＥ一樣會彈吉他，這是我們主打的賣點，不能好好彈吉他根本是詐欺。

「小雛，可以幫ＳＡＹＡ貓升級嗎？」

「ＯＫ呀！ＳＡＹＡ貓本來就睡在倉庫！」

看來好像可以稍作改造。

「鞘音，能不能解除一下變身？」

在艾蜜姊的催促下，鞘音拿掉布偶裝的頭，我拉下背上的拉鍊，鞘音便脫皮完畢。解除變身狀態。

艾蜜姊使出天使的微笑，跟我借美工刀……美工刀？我照她所說，將松本家的美工刀交給她。

「割開一個洞好了♪」

她像在吊人胃口似的慢慢推出金屬刀片，變身成虐待狂路線的美女。我也好想被艾蜜姊在身上開洞……不對，她想的該不會是——SAYA貓的改造手術！

「如果正清也願意幫忙，我會很高興的♪」

「來了！交給我！很久沒被人拜託啦！」

死去的臣哥復活，用鉛筆在布偶裝的掌心畫圓。不只一個。他在右手畫了五個十圓硬幣大小的圓。

「之後只要用美工刀割開就行。讓手指能伸出來彈吉他。」

「原來如此。改成能伸出手指的型態就能照常彈吉他了呢。」

圓圈畫在五根手指的位置，因此我大概猜得到他們的意圖。變身用布偶裝本來就不是全新的，在上面開洞也不會有人生氣。

「莉潔也要！莉潔也要！揮舞聖劍！」

「好好好，知道了。一個人很危險，跟媽媽一起割吧♪」

「讓我也加入吧！全家一起做比較愉快啊。」

臣哥一家開始改造右手。莉潔手拿美工刀，臣哥和艾蜜姊從背後協助她。父親安撫著想用刀子大切特切的活潑女兒，母親則「對對對，做得真好。莉潔搞不好是天才喔♪」溫柔地捧她。

感情真的很好的理想家庭釋放出耀眼的幸福光輝。真的是同心協力的一家人。當面看到這幅景象，我在內心盼望我和鞘音也能構築這樣的家庭。

「我們來弄左手吧。趕快割完，繼續特訓。」

「……嗯。修一副不擅長割東西的樣子，所以我來割。」

「咦——？我的美術成績還不錯啊？不然猜拳決定？」

但我們精神年齡挺幼稚的，連分配工作都拖拖拉拉！

「鞘音好像要負責割，我們來畫圈吧。」

我隨口跟三雲小姐搭話。

「…………………」

用一個詞形容，就是出神。她帶著「羨慕的眼神」凝視某一點。

「三雲小姐？」

「……咦？噢，工作是吧！趕快解決吧！」

她終於對我的聲音有反應，恢復原狀……然而，她將嘴唇抿成一線，以空洞的目光注視的是幸福的三人家庭。

動完開洞手術，鞘音再度變身成ＳＡＹＡ貓。

雙手手指變成隨時能伸到外面的狀態，實際把手指統統伸出來後，就能正常彈吉他了。由於演奏時觀眾只看得見被毛皮覆蓋住的手背，外表應該不會讓人覺得太奇怪。萬一不小心被人看見變身前的手指，就當成吉他演奏模式，請觀眾睜一隻眼閉一隻眼吧。

跑過一次活動流程後，已經快要晚上十點了。在場的人大多明天還要上班，所以我們決定今天就此解散。

「除了排演外，自己也要練習喔！你們一定辦得到！」

三雲小姐在玄關穿鞋，為前來送她離開的我和鞘音打氣。神奇的是，她的鼓勵毫無根據，我卻一點都不覺得會失敗。

成功的話我會很高興，就算失敗也能拿來當笑話。真期待三天後的出道日。

臣哥一家和三雲小姐回去後，我陪鞘音走回家。旅名川安靜得令人毛骨悚然，甚至連彼此的呼吸聲感覺都近在身旁。

刺骨的寒意害我身體發抖，冷得駝背，一步步走向鞘音家。平常只要花五分鐘，現在的我……卻沒辦法像以前那樣走路。有時候，我會為違反自身意志逐漸崩壞的身體，心裡燃起一把無處發洩的怒火，異常焦躁。

很快就喘起來的呼吸化為白霧，在冰點下的夜晚一次又一次消散。即使如此，鞘音還是願意配合我的步調。當我們牽著手，兩人份的體溫便會融合在一起。不戴手套也沒問題。重疊的肌膚慢慢醞釀出熱度。

我們從未經歷過有戀人氛圍的約會。

不過，對我們來說，光是走在故鄉的砂石路上就叫約會。只要和喜歡的人牽手走在一起，不論什麼景色都很充實。

抵達鞘音家後，我們在庭院停下腳步，一定會相對而立。

「……你的運動服，我洗乾淨再還你。」

鞘音左手拎著一個紙袋。我借她的旅中運動服摺得整整齊齊放在裡面。

「不用特地帶回去啊，我自己洗就行。」

「……不可以。我流了一堆汗……搞不好……味道會很重…………」

鞘音用靴子踢著路上的雪，忸忸怩怩地咕噥道。

她的音量愈來愈小，所以我幾乎聽不見幾個字。

「汗怎麼了嗎？洗乾淨不就得了……哇！好冰……！」

鞘音氣沖沖地踢起的白雪化為纏繞月光的流星落在我身上。無防備的脖子跑進了一些雪，驚恐的尖叫聲於夜空中迴盪。

「……你該多鑽研一下少女心。」

「咦咦……到底哪裡有問題啊……」

生氣的鞘音也很有魅力，所以不鑽研也沒關係吧。

「……你的運動服很大一件。味道也……很重。」

「抱歉。媽媽都會幫我洗啦……這麼臭嗎？」

「……不是，聞起來很舒服。你的味道跟小時候一樣……非常令人安心。」

鞘音的個性跟野貓一樣陰晴不定，以為她在生氣，她卻對我笑了。忽然看見她的微笑，松本修的心都因喜悅而揪起來啦……

我燃起一股想緊緊抱住她的衝動，但這裡是鞘音家正前方，只得不情不願地克制住……

鞘音本來也準備展開雙臂，馬上就收回去了。該不會是在期待我抱住她……嗎？啊啊，我這個卒仔……卒仔兒子……

「……明天的ＳＡＹＡ貓要自主練習。我一個人練習就好。」

「明天我要去醫院，大概得等我回來才能陪妳特訓。」

「……回診日就乖乖休息吧。我不希望你勉強自己。」

我和純粹為我擔心的鞘音四目相交了幾秒。在街燈朦朧的光芒照耀下，各自踏上歸途。

我不會隨便亂講「我愛妳」這種話，鞘音也不會掛在嘴邊。

特別的日子……例如兩星期後的聖誕節又如何？想將平日的愛意訴諸言語，這個節日不是再適合不過了嗎？

我精心準備了禮物。那傢伙之前雖然貼心地假裝沒看見，這可是我一直在偷偷準備的禮物，如果她願意期待，我會很高興。

雖然很想跟她在一起久一點，明天一定也能見面。

妳會答應我明天再見。

妳就在隨時能見面的距離。

現在這樣就夠了。

我們互道晚安的瞬間，我有點戀人的感覺。

*****

隔天——我一大早起床，點燃房內的煤油暖爐。

我只在旅中運動服外面套了件半纏。指尖冷得快結凍，害我的牙齒以規律的節奏打顫。

煤油散發一股獨特的氣味。我將雙手放在暖爐的熱風前，僵硬的手指慢慢暖和起來，發出放鬆的吐息聲。

我之所以刻意把雙手的手指弄熱，是為了流暢地彈奏我最愛用的鍵盤合成器。手指撫上冰冷的黑白琴鍵，不時凝視電腦螢幕，輸入腦中的音樂。

「唉……」

遇到瓶頸，濃縮壓力的嘆息及咂舌聲多不勝數。

得到太過遲來的青春的代價似乎比想像中還大。撿回一條命換來的，是會慢慢失去什麼東西。再怎麼掙扎，都贏不過「齒輪逐漸失控」的速度。

但我不會放棄抵抗。

抱歉了，上帝。五年前的垃圾已死。

桐山鞘音身旁的松本修無所不能。哪裡都去得了。

「聖誕節，給我洗乾淨脖子等著！」

我獨自吶喊，重新打起幹勁。

「哦，卒仔兒子聖誕節竟然有安排，真是青春啊。」

「對對，我是個卒仔兒子……」

自己在房間大叫，對話卻能成立，是不是怪怪的？

「你這傢伙……一大早就把鍵盤敲得叮咚響。回診日就不能安分點嗎？」

「妳的表情好可怕……原諒我吧。」

鬼神站在背後。媽媽捲著舌頭說話，釋放壓力，頗有幾分不良少女時期的模樣。我是個都二十歲了，還被媽媽認真訓話的男人。音樂一早就透過電腦螢幕的揚聲器傳遍家中，您的兒子在反省了。

然而，媽媽很快就收起怒火。比起真的生氣，她應該是在擔心大病初癒的兒子。

「早餐好了。今天是法式土司和咖啡。」

「咦……？請問您哪位……？」

「這啥鬼問題？當然是把你養這麼大的媽媽啊。」

奉行「炒飯和麥茶最棒」這個原則活到現在的不良媽媽竟準備了法式土司和咖啡……？這個人到底是誰？

我連衣服都沒換，走到廚房，每天都會看見的人坐在桌前，優雅地用馬克杯喝咖啡。

「……早安，修。」

「喔，早……呃，妳怎麼在我家吃早餐？」

無須多言，正是鞘音。

「……你吃法式土司吧？我去幫你泡咖啡。」

「喔，謝啦！……不對，妳不是每次都先在家吃完早餐才慢慢走過來嗎？」

「……別在意那點小事。」

鞘音從放在爐子上的平底鍋裡，將法式土司盛進盤子。牛奶和奶油的甜味刺激食欲，剛泡好的熱咖啡散發的咖啡香及熱氣，緩和了早上刺骨的寒意。

我坐上椅子，把桌上的法式土司送入口中。柔軟的蛋和濃郁的奶油包裹住土司，吸滿糖分的土司在舌頭上化開，每咬一口，溫柔的甜味都會擴散開來，慢慢融化。

我接著喝了口微糖咖啡。充滿甜味的口腔混入成熟的微苦餘味，使心情平靜下來。因為是熱咖啡嘛。（註：在日文中，「熱」的外來語發音有「放鬆下來」之意）

鞘音熱情地凝視我吃早餐。被人一直盯著看挺難為情的，但有種新婚早晨的感覺……還不賴。

我現在才發現，鞘音在便服上穿了件圍裙。說她不適合這樣穿可能會被罵，不過居家的一面過於新鮮，害我不小心看得出神。

「我工作有點忙，今天沒辦法接送你。畢竟是瓦斯店，冬天實在閒不下來。」

媽媽單手拿著裝咖啡的馬克杯，為我說明事情緣由。

幫忙換液化石油氣和煤油的瓦斯店忙碌期是消耗量最大的冬季。很難排到特休和短班。

「就是這樣。順帶一提，可靠的幫手似乎會幫忙接送你。」

「難、難道……」

我游移不定的視線被鞘音吸了過去。

「……我來開車。」

喂喂……真的假的？

「……別露出那種不安的表情。」

我的不安似乎如實反映在臉上，被她發現了。

「……放心，我有駕照。」

我不是在擔心那個啦。

吃完簡單的早餐，媽媽連看報紙的時間都沒有，就出去上班了。

和鞘音一起洗完餐具後，我也著手整理儀容，準備出門。

我看著鏡中的自己。抬頭挺胸，乾淨的臉和炯炯有神的雙眼是自信的表現。和鞘音重逢前的殭屍男已徹底消失了。

我上啦，摻雜期待與不安的初次兜風。

從大門口走到庭院的瞬間，散發驚人存在感的淡珍珠粉小型汽車映入眼簾。不管從哪個角度看都會受女生歡迎的這輛車原本該待的地方是鞘音家。

大概是跟鞘音媽媽借來的。鞘音用智慧型鑰匙打開車門鎖。我不知道妳為何一臉得意，那只是按個按鈕就辦得到的事耶。

我鑽進副駕駛座，坐在駕駛座的鞘音打開暖氣——

「好、好冷……！」

她好像按錯了，開成冷氣。恐怖的冷風噴出來，我還以為心臟會停住。喂喂喂，沒問題嗎？

「我說，妳會開車嗎？」

「……在東京的時候，都是經紀人負責開。」

「意思是妳空有駕照嘍？」

「……不過沒下雪，輪胎也是雪胎，不會有事的。」

真的不會有事嗎……

「……而且這輛車是四輪驅動。」

她再度露出謎之得意表情。我擔心的不是車子的性能，是妳的駕駛技術。

鞘音打起精神，握住方向盤。等到車內變暖才駛離松本家。雖然天氣很好，但我只能戰戰兢兢地看著她會怎麼開了。

「要不要去妳家一趟？借了妳家的車，我也想跟妳媽媽打聲招呼。」

鞘音以初學者特有的前屈姿勢開車，以不怎麼流暢的動作打方向燈，且極其慎重地低速左轉，前往銅山家。

走路需要五分鐘的路程，開車不到兩分鐘就到了。

由於我們只是順路繞過來，鞘音就留在駕駛座上。我一個人下車，正在用角鏟幫庭院除雪的鞘音媽媽前來迎接我。

「今天借您的車一用。我會提醒鞘音小心開車……免得發生意外。」

「呵呵呵，放心。那孩子最近都在跟我練習開車，今天有點緊張就是了。」

「咦？是嗎？」

「對呀。她說『修遇到阻礙的時候，我想幫助他』——」

「啊——————！媽！我都叫妳保密了！」

出現了！打開車窗大聲威嚇的野獸鞘音！

「她大概還在你家做了法式土司吧？那也是很久以前就在跟我特訓——」

轟轟！轟轟轟轟！

「……修！快走吧！媽，我走了！」

鞘音滿臉通紅，停在原地催油門。在用轟鳴聲掩飾害羞的戀人的催促下，我坐上副駕駛座，離開鞘音家。

旅名川的資料庫保全系統還是一樣爛，但那是能讓我噁心笑容停不住的有意義情報，不改善也沒關係。

「……不要竊笑。」

「……也不要笑瞇瞇的。」

笑瞇瞇笑瞇瞇。

怎麼辦唄？伊勒塞性爹啦（她在鬧脾氣啦）。

我的情緒亢奮到不小心用臣哥的語氣說話。

「……還沒說。」

盯著前方開車的鞘音支支吾吾地說著，一副難以啟齒的態度。

「……你還沒說……土司好不好吃。」

原來如此。還以為肯定是媽媽做的，所以我才沒講出什麼像樣的感想，既然如此——

「妳要聽實話嗎？」

「……嗯。」

沒放音樂的車內一片寂靜。

鞘音屏息以待，她鬱悶的緊張透過冷空氣傳達給我。

「真的超好吃的。希望妳每天都做給我吃。」

「……這樣啊。太好了。」

她的反應比想像中還平淡，放在方向盤上的右手食指卻上下搖晃著。

「我要去跑業務的日子啊，如果妳心情好，想請妳幫我做便當~」

「……你都這樣拜託我了，也不是不行啦。」

鞘音維持的樸克臉破功了一瞬間，微微揚起嘴角。

「妳也在竊笑啊。這樣我們就扯平了。」

「……並沒有。只是因為太陽太刺眼了。」

這段對話一點營養都沒有，但我還是充實得雀躍不已。

我想，內容對我來說大概一點都不重要，只要她在我身邊，什麼事我都能樂在其中。

「……我可以去載艾蜜莉小姐嗎？等你的期間，艾蜜莉小姐都會陪我練習開車，我還跟她約好要一起買衣服。」

「艾蜜姊也加入的兜風，根本是禁斷的不倫約會嘛……」

「……我聽不懂你在說什麼，只知道是噁心的妄想。」

今天是平日，推測臣哥在上班。大白天把別人的老婆帶出去啊～是臣哥不好，把美女大姊姊艾蜜姊放著不管……！

在我滿腦子都是低能妄想之際，車子停在臣哥家附近的路旁。艾蜜姊乖乖在路邊等待，因此我們像計程車一樣讓她坐上後座。

「我也可以加入嗎？會不會當電燈泡？」

「不會，是不肯陪艾蜜姊的那男人不好……！艾蜜姊明明這麼寂寞！」

「咦？什麼東西？」

艾蜜姊一頭霧水，面露疑惑的模樣真可愛。

「……艾蜜莉小姐，沒必要聽這個笨蛋的妄想。那我開車嘍。」

緩緩前進的車子正準備開上國道，往春咲市市中心前進——我看見「身穿哥德蘿莉服的眼熟少女」揹著書包在路上徘徊！

把綴有荷葉邊的傘當成聖劍，迅速揮劍的救世主。

當然是一個人。

「那孩子在做什麼呀？已經開始上課了耶。」

艾蜜姊手放在臉頰上，不禁露出美麗的苦笑。

蘿莉山的雷達啟動，降低速度接近她……靜不下來的莉潔卻小步跑走。追著看起來像在逃的小學生的可疑車輛……這是危險案件吧？會不會有人報警？沒問題嗎？

「呃啊啊啊啊啊啊啊啊啊啊啊啊啊啊啊啊啊啊！居然是冰雪系魔法！」

她的腳在結冰的路面上滑行，俐落地摔了一跤。鞘音逮到這個好機會，把車停在路邊衝出駕駛座，穩穩抱起嬌小的身體，將她塞進後座。

這個……不知情的人看見，根本是誘拐幼女的現場吧。但這裡是冬天的鄉下地方，沒有任何人！就算招人誤會也不關我的事。

「……呼。」

鞘音露出「任務完成」般的清爽表情，妳是怎樣？

「不是不能載莉潔啦，但妳要就這樣把她帶走嗎？」

「……之後的事我什麼都沒考慮。我控制不了母性。」

這個人一臉正經地在說什麼鬼話。

「有件事比遭到束縛的道理更重要。莉潔要繼續衝刺，以穿越白銀世界，回到戰場。世界的時間由莉潔握在手中！」

「簡單地說，她的意思似乎是『有件事比義務教育更重要，所以我翹課了。為了尋找那件事，我在白雪覆蓋的道路上流浪。我現在閒得不得了，帶我走吧』。」

艾蜜姊精準的翻譯害我忍不住笑出來。

莉潔負責幫ＳＡＹＡ貓口譯，可是我覺得也需要找個人來幫莉潔語錄翻譯。

「……翹課是藝術家的宿命。莉潔也一起來比較好喔。」

看來兩位奇葩的天才心有靈犀。妳們總是隨心所欲地行動，被迫奉陪的我們這些凡人可是從以前辛苦到現在喔。

「妳有先跟人說今天要請假嗎？什麼都不說就缺席，大家會擔心喔。」

「莉潔傳了簡訊給陽介。遠赴戰場的救世主的使命，盟友會願意體諒。」

現在她的同學陽介應該很傻眼吧。

我懂，因為我以前也跟你差不多。

總而言之，拐走小學女生……不對，多了個兜風夥伴的我們以安全為前提先行衝向春咲綜合醫院。

途中，我們幾個在車裡暢談真的很無聊的親友的事蹟，用音響播艾蜜姊選的音樂，一起唱卡拉ＯＫ。

跟高中生坐遊覽車去畢業旅行一樣——玩得不亦樂乎。

＊＊＊＊＊＊

我在醫院大廳和鞘音她們分頭行動，獨自搭乘電梯上樓。

用自動掛號機掛完號，坐在等候用的椅子上等待。連這段等候時間，全新的音樂碎片都在腦海中浮現又消失，連起而又破碎，反覆想像，直到創作出理想的旋律。

真想快點回家，將腦內的妄想慢慢帶到現實世界……為此必須維持住輸出用的底子。為了演奏出腦內的音樂──「必須延緩身體崩壞的速度」。

「松本先生──」

過沒多久，我的名字被叫到了。雖然是醫院，不過今天的目的並不是看診。

復健中心。用以維持、提昇因為各種原因而衰弱、出現障礙的身體機能的地方。

意外寬敞的空間中有許多健身房可能會有的運動器材。還有走路用的扶手及簡易床鋪，因此散發出強烈的醫院特有的氛圍，其他使用者看起來也有點沒精神，臉色實在稱不上好。

「今天也請多指教。在能力範圍內加油吧！」

負責陪我復健的女性物理治療師前來迎接我。我沒問過她的年齡，但從她只有上一層淡妝的水嫩肌膚判斷，說不到三十歲我都相信。

我立刻借助物理治療師的幫助，躺到鋪在地板上的墊子上做伸展。

彎曲膝蓋，伸直雙腿將物理治療師扶著我的手推回去。這個動作似乎是在透過觸摸集中力氣的雙腿，測量可動區域和肌力。

吐氣，彎曲膝蓋……伸長。慢慢地、緩緩地。

「不用急。照自己的步調……吸氣，吐氣。」

物理治療師催促我呼吸，幫助我讓身心平靜下來。

僅僅是單調的動作，全身卻冒出大量汗水。肌肉沒辦法照我所想地動作，負擔集中在不需要的部分。這令我感到不耐，無端焦躁。

好難熬。硬逼無法徹底控制的身體行動竟是如此辛苦。

「呼……呼……」

即使如此，還是得撐下去。住院期間，我從來沒缺席過復健課程。當然，剛動完手術身體狀況也穩定不下來……會引起強烈的反胃感、異常的倦怠感、食欲不振導致的體重減輕及營養不足，光活著就很痛苦。

撿回一條命換來的是「失去大量的感覺」。明明付出這麼多代價還沒痊癒，我的心靈卻絕對不會崩潰，是為什麼呢？

我想彈琴。想為鞘音創作浮現腦海的樂曲。

是全世界僅此一個的珍愛之人、兩人一起創作的音樂，拯救了差點被對死亡的恐懼及對未來的絕望壓垮的男人。

「松本先生現在能走很遠了呢。」

我抓著兩旁的扶手直直地走，物理治療師佩服地說。住院時我一直需要由別人來攙扶，如今則進步到不會影響日常生活的程度。

一輪二十分鐘。上午的課程以恢復運動機能為重點，在中間穿插短暫的休息時間補充水分。

「……呼……呼……嗚……」

我吸入氧氣，吐出來，淺淺地呼吸。喘得上氣不接下氣，喉嚨顫抖，胸口悶得像被人用力掐住一樣。只不過騎了幾分鐘的輕負擔測功器就累成這副德行。

「請不要勉強喔。照自己的步調慢慢來吧。」

就算想要照自己的步調來，焦躁感也會將身體逼到極限。有會幫忙制止我的專家陪在身邊，就是我選擇在物理治療師的陪同下復健的原因。

因為孤單的戰鬥可能會導致我的心被焦躁感撐破。

極度衰退的體力及肌力沒有恢復，手指碰觸琴鍵時也沒什麼感覺。左眼的視力嚴重下降，病情一加重，搞不好還會影響日常生活。

不過，我發誓過不會逃避。要面對阻礙，拚命掙扎，跨越困境。

不是心情好的時候才埋頭去做，而是遵守和物理治療師商量好的日程及時間，一步步地努力。跟學音樂一樣。

每天都能欣賞到在病床和輪椅上看不見的景色，和故鄉的朋友盡情耍白痴，光是這樣我就撐得下去。

我要對將這個狗屎般的命運硬塞給我的神明嗤之以鼻，反抗到底。

「咦，那是不是你朋友？是平常都會陪你一起來的人對不對？」

物理治療師不經意地望向窗外，揚起嘴角指向那邊。

我也跟著看過去，俯瞰醫院冷清的中庭。

「她們在幹嘛啊……？」

寒冷的室外沒什麼人，熟悉的三個人排成一排，單手拿著劇本說話。鞘音和莉潔在比手畫腳，艾蜜姊則站在原地盯著腳本。

我一眼就看出來了。她們在為兩天後的出道日特訓。

什麼叫「和艾蜜姊約好要去買衣服」啦。

居然瞞著我偷偷特訓……很像她們會做的事。鞘音不希望別人看見她的努力。因為她是會偷偷努力，好嚇我一跳的女孩。

這一點我也很喜歡。

不知道我在樓上偷看的鞘音，以僵硬的動作動來動去，挺詭異的畫面。我發自內心覺得好笑，自然而然地露出笑容。

偶爾會出現即興演出。三個人聚在一起做出像在沉思的動作，中間夾雜看起來像粗糙的自創舞步的東西。然後又繼續討論。

她們……想擅自加入新點子。

我的物理治療師也問「那是在練習尾牙的表演嗎？」控制不住笑意。

幸好沒人發現光明正大在外面排練的三名女性的中心是孤高的天才歌手SAYANE……

鞘音今天戴著平光眼鏡加鴨舌帽，全副武裝，大概是因為沒有布偶裝能遮臉。似乎是在對路過的醫生和外來民眾展現練習成果……的樣子。

啊，穿藍色制服的醫院警衛衝過來了。看來她們被當成神祕的表演團隊。

在我擔心該如何是好時，出乎意料的是——

鞘音&莉潔竟然全速逃走！為了逃避麻煩的質問時間，她們迅速撤退，留下艾蜜姊愧疚地跟警衛解釋。

警衛神情溫和，所以並沒有怪她們給別人添麻煩。八成只是因為看見三位舉止可疑的女性，來關心情況的。

礙事的人離開後，鞘音&莉潔大搖大擺地走回來，一臉不關己事的模樣。沒想到只是在樓上觀察她們就能笑得這麼開心。

「您身邊都是很有個性的人呢。」

「都是一些我配不上的好人。明天、明年、後年……我也想一直和他們在一起，繼續幹蠢事。」

我的願望——僅此而已。我明白身體不會恢復原狀。我會……避免再失去任何東西。儘管看不見光明，願意陪在我身邊的鞘音就是我的路標。

三小時的復健時間結束，我和物理治療師道別時……

「辛苦了。後半部分你一直心神不寧的呢。」

她帶著溫暖的苦笑說。果然被看穿了。

「快去找你最珍視的人吧。」

「……是！」

平常我都是打電話通知鞘音，今天卻起了惡作劇的興致，打算主動去找她。我知道那傢伙在哪裡。搭電梯很快就能到。

我被吸引到能聽見她的聲音的地方。

淪為枷鎖的腳輕快地前後移動，彷彿在被引導至鞘音身邊。

對松本修來說，和故鄉的朋友相處的時間、強烈思念桐山鞘音的時間，能讓他忘記所有的不安及痛苦，將其一筆勾銷。

走吧。

前往比任何療程和藥物都還要令人安心的人身邊。

兩天後的星期六。

給當地民眾參加的ＳＡＹＡ貓出道活動在三雲旅館舉辦。不曉得是因為緊張還是即興演出，活動完全沒照腳本進行，動作也很僵硬，觀眾忍不住發出的溫暖笑聲不絕於耳。

然而，當地人都為笨拙卻努力的ＳＡＹＡ貓送上熱情的掌聲。

ＳＡＹＡ貓本身的知名度還很低，以目前的狀況來說，客人並沒有增加多少，不過在社群網站上的轉發數比想像中還多。

看到影片的人紛紛表示「這是ＳＡＹＡＮＥ吧？」「吉他的彈法很像ＳＡＹＡＮＥ。」「這種又酷又天然呆的個性，是ＳＡＹＡＮＥ沒錯。」以老粉絲為中心熱烈推測。

他是由不知名的一般民眾「變身」而成的ＳＡＹＡ貓，不是歌手ＳＡＹＡＮＥ，希望各位不要胡亂猜測。

ＳＡＹＡ貓的使命是以其他生物的身分存在，為旅名川宣傳。擁有跟人類一樣的生命。我這個人比想像中還頑固，所以我會一直堅持這個設定。

也有許多「負責口譯的哥德蘿莉幼女好可愛。」「是ＳＡＹＡＮＥ的妹妹吧？」「是那個在旅名川祭上超會彈吉他的女生耶。」這種類似番外篇的意見。

雖然大規模的出道秀要等到雪燈祭那天，今天是我們的第一步。

今後或許會持續成長的種子順利播種了，可謂大成功。

＊＊＊＊＊

ＳＡＹＡ貓在旅名川低調出道的紀念日晚上。

晚間不營業的鄉下滑雪場，下午四點就關門了。在滑雪和玩滑雪板的客人也趁日落前迅速回到旅館。

除了我們以外沒有半個人。

在遠方燃燒的夕陽為雪原的畫布抹上暖色系漸層。我們都處在心情很好的狀態下……我平常一直在觀察時機，現在就是那個瞬間了。

心跳有點快，因此我做了個深呼吸。夕陽編織而成的夢幻雪景是用來讓戀人碰觸彼此。輕聲訴說肉麻的臺詞也能得到允許。

活動結束後，我順從直覺，將激動的心情推給冬天，努力張開笨拙的嘴巴，問鞘音要不要去約會。

然後就這樣由鞘音駕駛桐山家的輕型汽車，來到這個地方。

最後一次來這裡是我們小學的時候。學校有滑雪課，冬天還滿常來的，不過當然不能隨心所欲地玩。

所以我們都很期待放假。因為媽媽會開著跟鞘音家借來的休旅車載我們和理所當然也在場的臣哥四個人一起玩雪。

小學畢業後，過了漫長的八年……我和鞘音再次站到滑雪場上。

我緬懷起冬天每天都會來這裡，玩得滿身是雪的日子。

「……真懷念。滑雪場的氣氛也幾乎沒變。」

旅名川滑雪場。昭和初期開設後，一直受到當地人的喜愛，就算當地人口和觀光客不斷減少，冬天一到還是會打開大門迎接大家，是充滿回憶的場所。

纖細的新雪覆蓋住在山坡開闢出的空地。通往山頂的纜車有三臺，不過由於客人減少，現在只剩兩臺有在運作。

「……店幾乎都沒開。到旺季就會開店了嗎？」

「不，聽說大部分都倒掉了。之前臣哥載我兜風的時候跟我說的。」

閉門不出的我被臣哥抓出家門的那一天有到這附近兜風。小木屋、咖啡店、滑雪裝備出租店……疑似這些店的廢墟聳立於路旁，令人不寒而慄。字體散發出一股昭和味的招牌長滿鏽斑，嚴重褪色，勉強看得出是停車場遺跡的部分滿地雜草。

這樣的廢墟有十家以上，代表這裡曾經熱鬧過。也許是在時代變遷的同時衰落了，為當地民眾所愛的風景才會淪為化石。

「……所以你為什麼想來這裡？半個人都沒有耶。」

鞘音一臉疑惑，頭上浮現問號。

「沒有其他人，不就等於被我們包下來了？」

玷汙這片太過遼闊的純白風景的人只有我們兩個。

簡直像只有我們被留在冬天的世界。

唯一一家還有在營業的餐廳孤零零地開在滑雪場正面。雖然滑雪客逐年減少，偶爾還是會有當地的家庭來玩，因此也有在出借滑雪裝備。

我踏進準備關店的餐廳，跟好心的店家租來比身高矮一些的「細長物體」，將它抱在腋下輕快地跑回去，鞘音一看便皺起眉頭，彷彿在說「真是個笨蛋」。

「來玩雪橇吧！」

現在的我八成兩眼發光，重返童心了。

一個二十歲的人興奮地單手拿著雪橇。

「……蠢死了。又不是小孩子，我怎麼可能陪你一起玩。」

鞘音傻眼地嘆氣，現在的我卻不會因此卻步。

把責任推給浪漫的冬天，堅持到底就對了。

「好像有資料證明玩雪橇對復健有幫助。」

「……什麼？醫生說的嗎？」

「松本修查到的……」

小嘍囉輸給她的氣勢，根本沒堅持多久。

「以前我們不是會一起坐雪橇滑雪嗎……」

「……那是小學的事。」

「我的心智年齡還是小學生……」

不曉得是不是憐憫沮喪的我——

「……好吧。天黑就要回去喔。」

「萬歲！」

鞘音放棄掙扎，無奈地同意。

發自內心擺出勝利姿勢的男友，以及發自內心感到傻眼的女友。離太陽下山大概只剩一小時左右，但我仍握住鞘音優雅的手，慢慢爬上緩坡。

爬了三十公尺左右，我開始累了，將雪橇放到雪上。張開雙腿坐到雙人雪橇後面，嬌小的鞘音則縮起身子，坐在我兩腿之間。

「……都二十歲了，我們到底在幹嘛？你這一點真的很像笨清——哇！啊啊啊啊啊啊啊啊啊——————！」

鞘音的碎碎唸之所以轉為尖叫，是因為我趁亂突然出發。屁股彈了起來。伴隨斜坡的起伏，導致雪橇在空中飄浮了一瞬間，前進方向往兩側偏移。

周圍的景色急速流逝，撕裂銳利的逆風的感覺反而讓我覺得很爽快。

「喂！修！直線前進啦！笨蛋！」

「糟糕糟糕！完全無法控制耶！」

我拚命抓緊雪橇的繩子，拿它代替韁繩控制方向，可是一旦飆到最高速度就無法控制了。只會順勢往下滑。

在旁人眼中，是玩得很開心的幼稚笨蛋二人組。

不過今天是只屬於我們倆的世界，當個心智年齡與小學生無異的大人也無妨。

我的努力毫無意義……我們被變成一匹悍馬的雪橇甩下來，在雪上滾來滾去。頭靠在一起，呈八字形仰躺在地上。從暮色逐漸轉為瑠璃色的冬季天空——奪走了我的視線。

背上的體溫慢慢融進雪中。安靜得連呼吸聲都清晰可聞。由於現在是冬天，聽不見蟲鳴，也幾乎沒有車輛經過。只有流動的雲朵和天空顏色的變化，告訴我們時間仍在流逝。

我們是不是真的被拋下了？

存活下來的人類，是不是只剩我們兩個？

「呵呵……總覺得好蠢。」

「我們都沒變呢。一直……跟當時一樣。」

我被忍不住笑出來的鞘音影響，也跟著露出微笑。

「不……變了。我們從『青梅竹馬』變成了『戀人』。這也是很棒的約會，不是單純出來玩而已。」

「……戀人真神奇，連滑雪橇都稱得上約會。」

我們看著跟兒時一樣的天空，懷著長大後產生變化的情緒。從以往適度的距離感，拉近到戀人之間的距離。

我們自然地坐起身，面向對方。連呼吸都感覺得到。就在只要往前湊幾公分，嘴唇就會重合的距離。

「可以戴上耳機嗎？妳平常在用的藍芽耳機。」

鞘音因為突如其來的請求感到困惑，說了「……嗯。」便輕輕點頭，拿出口袋裡的耳機塞進兩耳。

她的耳機和我的手機已經配對過了。我按下手機的播放鍵，將聲音傳達給隨時可以聽的鞘音。

螢幕上的秒數逐漸增加。應該開始播了。

鞘音瞪大眼睛，闔上嘴巴以集中精神，默默專心聆聽有點早收到的「聖誕禮物」。

快要經過一分鐘的時候……鞘音眼中泛起晶瑩剔透的淚珠。

它綻放出有如冰柱融化後滴下的水珠的光芒，一顆又一顆地滑落臉頰，被白雪織成的地毯吸進去。每當眼瞼微微顫動的她眨眼，無法抑制的衝動就會滿溢而出。

全長四分三十六秒——我在貴賓席感覺到鞘音控制不住情緒。沒錯過落在她臉頰上的一縷瀏海被淚水濡溼的畫面。

「這就是——今年的聖誕禮物。」

我伸出食指，輕輕觸碰鞘音的臉頰，溫柔地撥開被淚與雪沾溼，散發光澤的頭髮，以免傷到她纖細的肌膚。

「從我住院的時候開始……就一直在偷偷作曲。我想像著和妳一起度過的冬天，導歌之前的部分都走酸酸甜甜的路線，副歌則寫成會感動人的哀傷抒情曲。」

鞘音默默地點頭，吐息夾雜著哭腔。

「其實我本來很有幹勁想寫三首曲子，但時間只夠我趕完一首。抱歉，我太沒用了。」

這次鞘音搖了搖頭。是在鼓勵我「沒這回事」嗎？

「……你太犯規了。突然送我全世界只有一個的禮物……我當然超開心的呀。最喜歡了……你和你送我的這首歌……我都最喜歡了。」

我突然感覺到舒適的重量和觸感。鞘音靠到我身上，把臉埋進我懷裡，或許是不想被我看見她不知所措的哭臉。

「我……想寫歌詞。」

「嗯，這是當然。等妳為這首歌寫完詞，它就完成了。到時候……希望妳為我而唱。」

「……嗯。我會為你而唱。會送你最棒的禮物。」

「我還去請三雲小姐幫忙，準備了最棒的舞臺。聖誕節的雪燈祭……最後的表演是ＳＡＹＡＮＥ的演唱會。」

我們環視這個地方。縱然現在只是平凡無奇的雪山，兩週後的聖誕夜應該會徹底改頭換面。這裡不是室內會場，所以也不用考慮容客量的問題。

在超鄉下的深山舉辦的免費演唱會。放手去做吧。還沒接吻過，精神年齡跟國中生一樣的情侶會讓你們聽聽甜到吐砂糖的情歌。

「……我好高興。不過……也很生氣。」

為何？

「你才出院沒多久耶……？我希望……你把自己的身體放在第一位。」

剛高興完就罵我。

我怕老婆，所以只能苦笑著不停道歉。

「我想你大概沒發現，我之前做早餐的時候，聽見你在彈琴……」

我知道是哪一天。是鞘音一大早為我準備法式土司的那一天。

「『你現在彈出的音色』……會害我感到不安。總有一天會恢復吧……？會跟旅名川祭的時候一樣……引導我的歌聲吧……？」

矛盾的心情在內心交鋒，我沉默了幾秒。要說出脆弱真心話，還是裝模作樣地鼓勵她？

「為了符合妳的期望，我……想取回所有失去的感覺。」

「真的是『取回』嗎……？」

鞘音果斷地提問，彷彿在我赤裸裸的心臟上敲進一根大木樁。

「是為了取回……還是『為了不再失去更多』……我分不清楚……」

她語帶哭腔，隱約透出動搖的呼吸也很微弱。輕輕一碰可能就會嚎啕大哭的脆弱模樣與五年前的她極為相似。

「你太著急了……慢慢來就好……一起走過我們的時間吧……」

咚。鞘音無力地捶了一下我的胸口。她的淚水，是經過百般猶豫，不曉得該對我發洩什麼樣的情緒而流出的淚水。她一面懇求，基於衝動捶在我身上的拳頭馬上又收回，刺得我又疼又癢。

「……抱歉。我想未來也會繼續給妳添麻煩，原諒我這個男朋友吧。」

她又像在敲門似的，輕輕捶了我一拳。

我不得不著急。想做的事，得在想做的時候去做才行。

「……答應我。」

鞘音與我四目相交，豎起小拇指。

這是我們國中時常做的——打勾勾。

「明年，後年……一到冬天，都要一起玩雪橇。」

出乎意料的口頭約定使我愣了一下。

「什麼嘛。還以為妳不喜歡，結果也玩得挺開心的。」

「……要做什麼事不重要。一起玩代表『你會在我身邊』。」

她露出虛幻的微笑，牽起我的手勾住我的小指。

不是要和我一起玩雪橇的約定。

桐山鞘音真正想約定的是——有松本修在身邊的未來。

「……修，答應我。」

手指下意識顫抖了起來，鞘音也能直接感覺到。不是因為冷，大概是我對於跟她約定一事有所遲疑，內心的愧疚表現出來了。

神啊，求求你。

不要讓我變回會說謊的人渣。

不要讓我跟國中時一樣，跟她訂下不負責任的約定。

不要讓它成為折磨我最愛的人，永遠束縛住她的「冬天的幻想」。

如果時間能停止流逝就好了。

不停止也行，如果能一直是幸福的季節就好了。

如果能一直一直經過同樣的時間就好了。

未來是不透明的，不能保證絕對會實現。

即使如此，我依然不想捨棄無憑無據的希望。

跟故鄉的朋友和鞘音一起度過的平穩日常……

我依然心繫於你

I'm still thinking about you.

會不會一直持續下去——要懷抱這般希望，應該是我的自由。

我們靜靜拉了勾。

透過身體傳來的肌膚溫度離開了，被隨著日落愈來愈刺骨的寒意帶走。

我想感覺更多鞘音的體溫、氣味、觸感。

牢牢勾在一起的小指徹底分開的瞬間，我用力抱緊鞘音。

在沒有人看，沒有人存在——

連世界盡頭都化為白紙的冬之世界。

第三章 少在父母面前逞強

離雪燈祭剩下一週。

積雪也慢慢變厚，媽媽用鏟子在家裡的庭院除雪的次數與日俱增。但還是跟不上下雪的速度，銀色的雪積了一層又一層。

我也會在體力允許的範圍內幫忙，用跟鄰居借來的除雪機把雪推開。

當然，我的工作不只除雪。我已經不是尼特族了。

我同時也在布置會場和發布演唱會情報，還會偷偷跑到住在松本家隔壁的英國人大姊姊家。

新曲的純音樂版完成了。正式演出在聖誕節，方便練習的地方是艾蜜姊家，所以負責演奏樂器的成員會自動在那集合……也是原因之一。

不過用不著寫樂譜，艾蜜姊和莉潔好像用聽的就記住旋律了。

「阿修，歡迎♪當自己家就好喔～」

艾蜜姊總是用神聖的笑容迎接我。老公不在家及附近的悖德感害我心裡偷偷萌生無限的興奮。

在艾蜜姊的帶領下，我像小孩子般雀躍地爬上二樓。

「怎麼坐立不安的？你應該很習慣來我家了吧？」

我依然心繫於你

I'm still thinking about you.

「我和妳的不倫關係也習慣得差不多了呢。」

「要說的話是師徒關係吧♪你就愛開玩笑。」

被艾蜜姊吐嘈了。我比較希望妳陪我玩出軌遊戲的說。

搞得像只有我在享受這不道德的情境一樣。雖然我的確興奮得像個國中生。

「鞘音今天也要作詞嗎？」

「對啊。她在寫歌詞的時候，我都會盡量避免打擾她。我猜她今天也在旅名川流浪。」

鞘音國中時會翹課作詞作曲。放學後和假日則在河邊流浪，培養各方面的感受性，將其寫成戀愛中的少女的歌。

長大後，鞘音為旋律添上文字的方式依舊沒變。儘管她多少變得圓滑了些，在音樂方面還是跟野貓一樣性情不定。

今天她也說著「……憂鬱的天空在等待著我」這種一般人無法理解的話晃出去了。與鄉下的景色同化。

藉由觀察以回憶點綴的情景，寫出ＳＡＹＡＮＥ的代名詞「引起聽者共鳴的歌詞」，想出能深深撼動人心的樂句。

我喜歡陪在我身邊的鞘音。

可是會自己跑掉，自己晃回來的鞘音我也很喜歡。

「那傢伙把樂句串聯在一起的期間，我總不能無所事事地空等，所以我才打算開始進行之前就在想的『第二計畫』。」

上到二樓，我打開走廊盡頭的門。

迎接我的是洋溢少女氣息的時尚小物、布娃娃，以及寢具一律是淡粉色的單人床！

這裡是艾蜜姊的房間。她從出生到十九歲結婚為止的這段時間都在這裡度過，我小時候也來過許多次的令人懷念的房間。

啊啊，這甜美的香氣，彷彿艾蜜姊成了芳香劑。相框裡的照片是學生時代的艾蜜姊，她還穿著高中制服。這……是犯規級的美貌吧？

好想穿制服跟艾蜜姊約會……至於她跟豐臣正清這個穿著休閒的金毛黑皮男（約十年前）一起拍的大頭貼，就排除在視線範圍外吧。

可惡，好羨慕。搞屁啊，笨清。反正這八成是你拿著摺疊式手機搞那個自我介紹網站黑歷史的時候。少給我穿V領T恤耍帥啦。

我差點黑化，慢慢做了個深呼吸。艾蜜姊的香味滲透身體，帶有抑制興奮情緒的功效。沒有醫學根據。然後我好興奮（矛盾）。

久違地攝取到充滿屋內的艾蜜姊成分，我甚至有股莫名的感動。

其中有個明明是兩人恩愛的合照，登場頻率卻非常高的第三號人物。鮮豔的褐色長髮燙成時髦的捲髮，輕飄飄的髮尾體現出愛打扮的個性。妝有點濃，制服也沒穿好，看起來很輕浮的女性……我對這個人有印象。

「艾蜜姊，這個辣妹該不會是——」

「嗯，是小雛喔。國中時期她是個辣妹呢。」

果然！雖然她現在沉穩許多，還是看得出來。語氣、跟人相處的態度都頗隨意，和臣哥湊在一起也毫不突兀。

艾蜜姊被輕浮男和輕浮女夾在中間，顯得清純到嚇人的地步，更加襯托出她的美麗。我不討厭辣妹……但天然素材也很棒。

照片愈變愈新，三雲小姐的外表也愈來愈穩重。變化最顯著的是和抱著嬰兒莉潔的豐臣夫妻合照的那一張。被新婚的兩人夾在中間的學妹的髮型是及肩的鮑伯頭……最接近現在出社會的三雲小姐。

如果要說是因為上大學後，化妝和穿著也變成熟了是能理解。

「喂——阿修……你這樣盯著我的房間看，我有點不好意思耶。」

看在艾蜜姊垂下眉梢、一臉無奈的份上，停止觀察房間吧。最近我終於發現……松本修一提到艾蜜姊就會變噁男。

有什麼辦法？雖說我現在有女友，不過我可是看著艾蜜姊長大的。

鞘音在的話可能會對我投以鄙視的眼神表達不滿……但我現在可以偷笑吧？

而且！牆上的衣架掛著的那件過於眼熟的衣服是——

「那是……旅中的制服對吧！」

「對、對呀，有必要那麼激動嗎？」

「女生房間的國中制服耶。健全的男生八成都會激動喔。」

「咦咦……？旅中制服的話，鞘音也有呀。」

艾蜜姊對於興味盎然的我感到困惑，這是正常的反應。

「鞘音還有點學生味，不如說現在的她穿制服應該也很適合。但妳是性感的人妻，光是想像妳穿制服的模樣就覺得各種糟糕。」

「討、討厭！我完全聽不懂你在講什麼！」

「把我養成這樣的就是妳耶！」

「我怎麼知道～！以前那個可愛的阿修長成了變態，別把責任推到我身上～！」

艾蜜姊鼓起臉頰，用食指戳我的臉頰。

如果這是學生時期發生的事，應該會鮮明地留在我的回憶中。我之所以異常嚮往學生時期的戀愛，或許是因為自己從未經驗過。

當時我和鞘音只是青梅竹馬，跟她斷絕往來的期間又一直單身。

我至今依然對在放學路上或在家裡穿著制服的酸甜約會，以及跟青春動畫的經典橋段一樣穿制服開演唱會的經驗都懷有強烈的憧憬。

「艾蜜姊……可愛的弟弟松本修有個畢生的請求。」

「不要。我沒有你那種弟弟——」

「咦咦咦咦咦咦咦咦咦咦咦……？拜託啦，艾蜜姊……」

用不著我多說什麼一生的請求，她似乎就知道我要拜託什麼，被人一口回絕的可愛弟弟（自稱）趴到地上垂下頭。

「請妳穿制服給我看……今天一天就好……求求妳！」

我俐落地下跪。身為一名健全的男性，這場戰爭不可退讓。

「嗯……你都這樣拜託我了，我也不好意思拒絕……」

咦？看她的反應，是不是再膚一下就有希望？

「光是和穿制服的妳在家約會，我的感受性就會大幅提升。若能體驗學生時期的青春，也能用在作曲上！」

我急到講話都忘記用敬語了。試圖用聽起來很正當的理由唬弄過去。

「妳是我的老師，要負起責任照顧學生啦……嗚嗚。」

我還開始用拙劣的演技假哭。千載難逢的機會，哪還能顧形象。

「……那，就這麼一次喔。不可以告訴正清……懂嗎？」

「……是！」

願望成真，我發出歡喜的吶喊。

不不不，拜託別誤會。只聽艾蜜姊剛才那句話，會覺得我在要她做對不起老公的事，其實我只是拜託鄰居大姊姊「穿國中制服給我看」而已。

「我去換衣服……在我說可以進來前，能在外面等一下嗎？」

我吞下嘴裡的唾液，懷著莫名緊張的心情準備走出房間——

「讓莉潔等待千年的怒火，將招致天崩地裂。」

房門一口氣被打開，哥德蘿莉幼女氣勢洶洶地站在那裡。小小的身體挺起胸膛，威風地抱著胳膊。隱約露出可愛的虎牙處於憤怒模式。

「莉潔是主角！要讓莉潔等到什麼時候——！」

「抱歉……！不小心跟艾蜜姊醞釀出奇怪的氣氛……」

「奇怪的氣氛……是什麼？為何媽媽在脫褲子——？」

天真無邪的莉潔愣了一下，指向我背後。啊啊，我大概知道發生什麼事。

「阿、阿修……！絕對不可以回頭喔……！」

「好、好……！」

背後傳來艾蜜姊的叮嚀。看來她正準備脫褲子換上制服，莉潔便襲來了。不過她穿著長版毛衣，應該勉強遮得住。雖然這只是我的想像啦。

聽起來像在穿回長褲的聲音傳入耳中，心臟不受控地加速跳動，我忍了幾秒才轉身。和艾蜜姊對上目光，又移開目光。

臉頰也有點發燙，超難為情的……

「哎呀哎呀，哎呀哎呀♪你們好像玩得很開心嘛。」

語尾有點外國腔的女性也趁機跑來偷看。跟艾蜜姊一樣的自然金髮，宛如水晶球的清澈藍眼，只上了層淡妝仍白皙的肌膚……以及豐滿的胸部。這個人並不是艾蜜姊的姊妹。

我也很清楚這位外國人是誰。

「討厭～不要連媽媽都湊過來啦！我只是在跟阿修聊天！」

「我剛才和莉潔一起偷窺房間，氣氛很詭異喔～？妳是不是出軌了～開玩笑的啦♪」

「媽媽就會亂說話！我才沒有出軌！」

沒錯，這位調皮的英國人女性是艾蜜姊的母親。我以前也在音樂教室受過她的關照，所以跟她還算熟。由於我們住隔壁而已，松本家和斯塔林家是會頻繁接觸的友好關係。

「不過，讓艾蜜莉角色扮演，阿修玩得很開心對吧？我也想加入呢，嘿嘿～♪」

「嘿什麼啦！啊，等一下！」

艾蜜姊被小惡魔媽媽玩弄於股掌之間。她撿起女兒剛剛要穿的國中制服……不知為何開始隔著褲子套上去。

她拉上裙子的拉鍊，脫掉褲子。直接在便服襯衫外面穿上西裝外套——儼然是真正的國中生。

「鏘鏘——♪如何？今年我就邁入五字頭了，適合嗎？」

五字頭……？這是有點危險的嫩妻吧。而且還是感覺曾在大學選美比賽奪得冠軍的音樂優等生美女太太。若艾蜜姊是清純，艾蜜姊媽媽就是藝術。

大家都不一樣，大家都很讚。使命感在吶喊，叫我保護旅名川的天然紀念物。

「艾蜜姊也可以……順便換上制服嗎？」

「為、為什麼會得出這個結論！母女一起扮成國中女生，太奇怪了吧！」

「誰說奇怪的？我不覺得啊。這是奇蹟……我必須用照片和影片記錄斯塔林母女穿制服的模樣。誠心希望兩位露出連老公都看不到的羞恥表情。」

「咦、咦咦咦……？可、可是……媽媽也穿了……而且我已經答應你一次了……」

差點讓身體任人擺布（去玩角色扮演）的艾蜜姊認真思考這僅限一天的（角色扮演）關係可不可行。再盧一下，是不是就能拍到這對母女的旅中照……？

「喂——！莉潔生氣了——！你是來幹嘛的——！」

被排除在外的莉潔師父大罵一聲，我飄飄然的心情慘遭修正。

「對呀！阿修，你忘記目的了！」

「對、對喔！我是來這裡調整新曲的！」

「正是！結果媽媽和修卻在舉辦脫光光的奇妙儀式！瞞著庶民沉浸在祕密的快樂中！」

被晾在一旁的莉潔師父氣得大聲嚷嚷。

那種抽象的說法超容易引起誤會求妳別再說了——！

「祖母！身為以音樂維生之人，妳不覺得羞愧嗎！」

「祖、祖母……被孫女這樣叫會深深體會到自己老了，打擊好大……對不起，鄰居說我看起來像大學生，我被捧到得意忘形了……」

艾蜜姊媽媽穿著制服趴到地上，十分沮喪。她像亡靈般搖搖晃晃地站了起來，制服都沒脫就下到一樓。

「我沒那個意思。我道歉，求妳原諒我……千萬別跟鞘音說。」

「不行。犯下禁忌之人應當處以火刑。」

好過分。我只是想讓艾蜜姊穿制服啊……

「我買魚板給妳吃。」

「救世主心胸寬大！願意饒恕罪人——！」

真好哄。只要用她愛吃的魚板釣她，莉潔就會露出天真的笑容。

終究是個九歲兒童。讓妳看看大人的餘裕……二十歲男性如此說道，但我不會說我因為興奮和焦躁，冷汗都快洩洪了。

雖然我的心被艾蜜姊的私物及香氣拐走，我來到這個房間可是有正當理由的。出〈be with you〉和〈Loss Time〉時，我也有請她們幫忙收錄、編曲。

合成器穩穩盤坐在房間角落，主控鍵盤是MOTIF-XF7，副鍵盤是W5-Version2。放在桌子的正面和旁邊，兩臺都跟桌上型電腦連接在一起，老舊的機種有在固定保養，以便隨時都能使用。

監聽揚聲器和音序器也釋放出強烈的存在感，大部分都是日本廠商製造的。

「這次也要麻煩大家了。新曲的樣本我有交給鞘音，不過，下載版用的正規音源跟艾蜜姊和莉潔一起編曲、錄音，品質絕對會比較好。」

之前給鞘音聽過的那首新寫的抒情曲，旋律的骨架已經打好了，因此我請這對受到音樂之神眷顧的母女幫它加上每位粉絲都能滿意的裝飾。可以的話，伴奏部分我也想錄現場演奏的版本，而不是用合成音樂。

我再也不會獨自扛起所有事情。因為身邊的人會彌補我的不足。

「既然是愛徒阿修的請求，我很樂意幫忙♪」

「哈哈哈哈！小鬼，終於明白莉潔有多麼偉大了嗎！速速跪下！」

二十歲被九歲當成小鬼。

如果只是要作曲，在我房間也行，不過要由好幾個人一起編曲的話，在能不用顧慮音量的環境更適合。我也想請艾蜜姊實際演奏給我聽，讓莉潔彈吉他。松本家別說防音了，連說話聲都聽得一清二楚，實在有難度。

而且艾蜜姊家還有錄音室。有各種音樂器材和高性能電腦能借給我，這點我也很感激。

「小鬼，可別忘了。未來將在聖戰中獲勝的不是鞘音，而是本人莉潔洛特・斯塔林。」

「是是是。」

「回答得太隨便了！莉潔要以神之名對你處刑！」

我隨口敷衍小小救世主的責備，坐在工作椅上開始工作。

我時而會和坐在旁邊的艾蜜姊肩膀相觸，時而忽然哼出的旋律會由艾蜜姊以琴鍵演奏，老師與學生的共同作業真美妙。

「這裡！要更叮——嘰嘰嘰！鏘鏘啾嚕嚕！咚噹噹！」

莉潔師父的意見我也很想採納，可是她用的全是狀聲詞，完全無法理解……所謂的天才是單憑自己的感覺生活的生物，真的很傷腦筋。

「呃——莉潔想表達的意思是……」

不過有艾蜜姊幫我翻譯，倒是沒問題。

「不對！莉潔說的話，你馬上就忘了！是鏘鏘！咚咚咚！」

「莉潔師父！對、對不起！」

這個九歲兒童在音樂方面比想像中還嚴格。

在我覺得自己像在被幾百歲的蘿莉老太婆罵之時——

「莉潔！妳才是忘了什麼吧！」

又來了位氣沖沖的小客人。

站在房門口的是莉潔的同學陽介。

「啊，這不是陽介嗎？莫非前往奧爾良的時刻終於到來！」

「不是奧爾良，是上課時間！妳不是答應過我了！」

「…………喔——是有這麼一回事。莉潔前去參與聖戰一下。」

對我們的救世主來說，參加聖戰似乎跟去便利商店一樣。

旅名川祭結束後，陽介來拜莉潔為師。偶爾會遇到住在音樂教室隔壁的我，看來他真的有一直來上課。

「對了，我在一樓遇到一個穿制服的女人，妳有姊姊喔？妳姊好漂亮……」

「你在說什麼？腦袋出問題了嗎？」

「不不不！我真的看見了！穿著旅中制服的外國人大姊姊！是莉潔的姊姊對吧？沒錯吧？」

我差點忍不住笑出來。陽介……那是莉潔的奶奶。她穿著制服在家亂晃。

總之，和陽介約好要幫他一對一教學的莉潔暫時離開。和人妻兩人獨處啊……在她女兒不在的期間要做些什麼呢？

「我們就來認真編曲吧♪得加快速度才行～」

「那當然。我腦中只想著音樂。」

我被艾蜜姊純真的微笑震懾住，為有這種煩惱的自己感到羞愧。

散去吧，邪念。我有桐山鞘音這個好女友了。

看我用大量的音符把下流的妄想驅散乾淨！

奇怪的事當然沒發生。我們認真編曲了一個小時左右，在休息時間聽見一樓傳來小孩的爭執聲。

現在這個時間沒有開課，所以一樓的小孩只有那兩個人。我跟著去泡休息時間喝的咖啡的艾蜜姊下到一樓。

「吵死了，笨蛋！我不會再來了！」

推測是陽介的尖銳聲音說出了幼稚的臺詞。

我望向窗外，看見他頭也不回地跑走。

少女獨自留在教室。她伸長雙腿坐在地上，無力地撥弄木吉他的弦。神情平靜，卻散發出一股哀愁。

「跟陽介吵架了？」

「不是吵架。僅僅是陽介承受不住聖戰的沉重壓力，臨陣脫逃了。」

在上課過程中吵架了……的感覺吧。

「你們最近常常起爭執呢。陽介是新手，要對人家溫柔一點。」

「……唔唔，疏於鍛鍊的新兵無法在戰場上存活下來。」

「真是的，每次都講這些。」

「強者總是孤獨的。本人亦為光榮的孤獨之人。」

艾蜜姊傻眼地嘆氣。她好像也在為此煩惱，大概是莉潔跟陽介吵架並不罕見。

莉潔也很固執，看起來沒有要慰留陽介的意思。

「我想隔天陽介就會回來啦。那兩個孩子從幼稚園開始就經常吵架，已經習慣了。」

「我也覺得。小孩子不會注意到真正的戀愛感情啊。」

一墜入愛河，就無法逃離自己的心意。

在無法挽回前，在對方離開前，能不能不再意氣用事，好好跟對方溝通？

能不能誠實面對終於意識到的愛意？

陽介彷彿走上了跟過去的我同樣的道路。

「我覺得由妳爸媽或妳直接教他就行了。」

「我本來是想這麼做的，可是陽介堅持要莉潔教他。說不定他——」

艾蜜姊接下來說的話跟我想的一樣。

「他只是想要個和喜歡的人在一起的藉口。」

難怪我會跟他產生共鳴，搞得心裡一陣又一陣的刺痛。

小孩子幼稚的爭執。目前就只是這個階段。心有所感的我到外面尋找陽介，視線範圍內卻沒看到他的影子。

這種時候就該去找鎮上的萬事屋商量看看。

『——你把我當成鎮上的萬事屋還是什麼東西唄？』

「咦？不是嗎？」

『——才不是。我是平凡至極的狂野系帥哥唄。』

唉。

『——喂，我聽見了。你嘆了一大口氣。』

回到艾蜜姊家的家門前，我拿著手機打給大哥。今天是週末，照理說臣哥應該放假。

「我在找陽介，你有看到他嗎？」

『——沒唄。我在杉浦家除雪。』

根本是鎮上的萬事屋嘛。

「今年也辛苦你了。順便把我家的雪也除一除吧。」

『——如果是依夜莉姊叫我去，我很樂意幫忙，但你一點誠意都沒有，我才不要。』

每年臣哥都會以老年人家為中心幫忙剷雪。當然是接受鄰居委託的義工，沒有支薪。

我跟他說明事情緣由，臣哥一副大致了解情況的態度應了幾聲。

『——只要在陽介家前面等，他很快就會回來了唄。我逮到那傢伙就把他帶過去。』

他似乎要在陽介家埋伏。

一遇到問題，我就會忍不住拜託臣哥和艾蜜姊。不過他們總會和善地聽我說話，溫柔地接納我。

「我等等想幫艾蜜姊家除雪，可以幫個忙嗎？」

『——可以啊，我本來就打算在下大雪前把雪清掉。艾蜜莉家大得莫名其妙，我還要感謝你願意幫忙哩！』

他會像這樣開朗地跟我說話。

因此，我也想成為能被遇到困難的人、幫助迷惘的人依賴的存在。就算那只是被故鄉的人拯救的男人——自我滿足又雞婆的付出。

在家門前等了十分鐘左右，臣哥的小卡車抵達艾蜜姊家。他比我想像中還要早抓到鬧脾氣的小孩，面帶愁容的陽介從副駕駛座上下來。

「你都說不會再來了，結果回來得挺乾脆的嘛。」

「臣哥哥說剷雪的人手不夠，所以……是我人好啦！是說，真的要剷雪嗎？我記得莉潔家的庭院超大耶。」

陽介看著斯塔林家的豪宅，嚇得直發抖。

我想到國中同學曾笑鬧過我「我還以為你家是艾蜜莉小姐家的倉庫」……算了，現在這不重要。

我和莉潔對上目光。她從二樓的窗框只露出眼角偷看我們。大概是在觀察庭院的氣氛。

「陽介回來嘍——莉潔要不要也到外面剷雪？」

「此乃聖戰！臨陣脫逃的膽小鬼意味著死！」

我試著呼喚她，還在鬧脾氣的莉潔卻躲到窗戶後面。

「以莉潔洛特之名下令。陽介回去！毀滅吧！」

「我也不是自己想回來的好不好！誰理妳啊！」

彆扭的陽介也繼續虛張聲勢。年幼時期的我和鞘音也差不多是這樣，所以硬要說的話，我這個旁觀者覺得挺溫馨的。

開始執行營造出融洽的氣氛，讓莉潔和陽介能自然而然玩在一起的膚淺和好計畫吧。雖然也只是割雪就是了。

「呵呵……臣哥，你好好笑。」

「啥？哪裡好笑！在我們這個時代，這就叫帥！」

沒想到臣哥竟然穿著短袖短褲的旅中夏季運動服。在寒冬穿T恤搭五分褲就已經夠好笑了，把袖口反摺的不良少年運動會風格更是讓我笑到肚子痛。

「學長真的很蠢耶～從國中到現在毫無成長！」

同樣穿著旅中運動服的三雲小姐邊嘲笑臣哥邊走過來。她身上當然是冬天穿的長袖長褲，加上羽絨外套和厚手套的防寒裝備。

「每年我都會跟艾蜜莉一起幫鄰居割雪，不過，今年艾蜜莉的音樂教室生意好像很好。我找了看起來很閒的雛，請她假日過來幫忙唄。」

「說我看起來很閒，太失禮了吧！對啦，我跟你和艾蜜莉學姊不一樣，是單身貴族，放假都在睡覺，所以是沒關係啦！」

學妹一面自虐一面逼近，臣哥畏畏縮縮的，遜到不行。看來今天要由這對學長學妹組劇除附近的雪。在當地就職的兩人是旅名川現存的少數年輕人，是珍貴的戰力。每戶人家自然都會搶著要。

「可是，像今天這樣跟學長休同一天的日子很少見喔。因為我的工作和見紅就休的學長不同，一般人放假的時候特別忙。」

「哎呀，感謝貴重的週末假期。我的同學大部分都住很遠，有雛在真的幫大忙了！」

「嘿嘿嘿～！感謝我吧～！多誇我一點，多依賴我一點！」

本來以為假日得做白工，她會有怨言，三雲小姐卻不介意的樣子。連我都一直感覺到她的表情和語氣中夾雜喜悅之情。

「我有個疑問，為什麼你們都穿旅中運動服？」

來到家門前的艾蜜姊提出疑惑。我也超想知道。

「雛本來拒絕幫忙的，她說『如果正清學長穿旅中運動服，我可以考慮看看～』。反正小事一樁而已，是無所謂啦。」

「因為這樣不會有種回到國中時期的感覺，很愉快嗎？是心情問題啦，心、情。」

三雲小姐豎起食指抵在嘴唇上，可惜因為防寒裝備的關係，一點都不性感。

這兩個人穿同樣的衣服站在一起，怎麼看都是一對和睦的兄妹。

「而且～還能趁剷雪的時候去跟各戶人家宣傳雪燈祭的消息。光是穿著防寒衣剷雪又沒話題性，這是振興鄉鎮的一環啦。」

「不愧是觀光協會的職員！做事前都會考慮一堆！」

「即將廢校的旅中的畢業生穿著傳統運動服幫助當地民眾……我還打算等等拍幾張剷雪時的照片，寫篇文章傳到網路上，跟當地新聞和本地節目推銷～！」

三雲小姐拿出智慧型手機，拍攝穿運動服的臣哥。

「喔——！是我想不到的計策！念過大學的人果然不一樣！」

「對吧對吧～？我和正清學長不同，念的是還不錯的大學喔～」

低能的對話不斷傳入耳中。

艾蜜姊似乎也無言了，苦笑著說「正清和小雛的精神年齡還是一樣是小學生呢」。她走進屋內……

「手套跟帽子給你。一家之主感冒就糟了♪」

「是——抱歉，我總是隨心所欲地過活！」

拿著毛線帽和毛線手套，幫因為智商過低，肌膚大多裸露在外的臣哥戴上。

這兩個人站在一起，怎麼看都是一對相配的夫妻。艾蜜姊和三雲小姐跟臣哥的關係，路線果然不同——我隱約留下這樣的印象。

「對不起喔。我也很想幫忙，可是下午要幫孩子們上課。」

「沒關係啦。我們為一路辛辛苦苦打拚過來的老爺爺老婆婆做事，妳來教懷著夢想的小鬼。這叫分工合作唄！」

「臣哥說的沒錯。一般的工作交給我們這種普通人就行啦。」

兩位男性在幫拚命道歉的艾蜜姊說話。之後馬上就有幾個小學生前來上課，由回到屋內的艾蜜姊應對。

旅名川祭結束後，一直都有人來報名上課和試聽，聽說特地從春咲市市中心跟爸媽一起來的小孩也變多了。在祭典上展現超絕技巧的莉潔好像成了班上的大紅人，現在也在孩子們的包圍下彈吉他。

我們普通人組和才華洋溢的明星無緣，得在外面付出勞力。

卡車後面堆著角鏟和鋁製鏟子。臣哥勤快地將剷雪道具搬下來，握緊鏟子。

「開工唄——！修也快點去換衣服，換上旅名川傳統的制服！」

他無意義地舉高鏟子。通常會覺得很蠢，對我來說卻挺帥的。不曉得是不是體力過剩，前不良少年開始像打棒球一樣拿鏟子空揮，他的小弟也跟著受到影響。

「好！我也趕快去換衣服！」

「順便把你家也搞定！如果能和穿旅中運動服的依夜莉姊一起剷雪，弄得滿身是汗……跟國中生約會一樣，真是幸福的一刻唄。」

這傢伙在說什麼鬼話。太美化學弟的母親了吧？

「修……為了提升我的幹勁，幫我跟你媽說一下啦。」

不要一直瞄我。

我媽怎麼可能會穿旅中運動服。這樣會變成角色扮演熟女。

我回到艾蜜姊家的倉庫……不對，我回家換上愛用的旅中運動服。身體不會覺得彆扭的熟悉觸感證明我穿得很習慣了。

「幹嘛？你要去剷雪喔？」

「我去艾蜜姊家幫忙。輕度運動對復健也有幫助。」

在客廳吃泡麵當午餐的媽媽預測到了經過走廊的兒子要去做什麼。

「我等一下也要去除家裡的雪，幫我跟正清說一聲，叫他把斯塔林家的倉庫的雪也清一清。」

媽媽竟然也用了這個自虐哏。

「妳今天放假，可以休息啦。妳也不年輕了。」

「是沒錯，最近腰和肩膀也會痠，不過被你這麼一說感覺像在嘲諷我，有點不爽。」

我可是在擔心她耶，莫名其妙。

「總不能交給你一個人做。再說，還不都是因為你的體力跌到谷底了。」

「抱歉……幫不了多少忙，也不能盡孝道。」

「啥，不必道歉啦。你住在東京的期間，全是我一個人負責的喔。我也很清楚你現在的身體狀況……能依賴父母的時候就別客氣了。」

媽媽始終面色平靜，沒有半點不耐煩的跡象。

「臣哥希望妳也換上旅中運動服。」

「啥？幫我回他『講這種蠢話小心我把你埋進雪裡』。」

唔哇，好恐怖……不良媽媽的氣勢竟然害我倒退三步。

「他好像還激動地說『我選的是一小時一萬六千日圓的方案，有這點附加服務也是應該的唄！』……」

抱歉，臣哥。我亂掰了句風俗店客人會說的話。

「我之前就覺得，那傢伙……滿噁心的。」

「我也覺得。」

我們母子難得意見相同。沒人幫他護航「那傢伙才不會說這種話」的臣哥是不是太可憐了？

「不過臣哥願意幫忙的話，妳的負擔也會減輕不少不是嗎？那個人體力超強，也很擅長把屋頂上的雪弄下來。」

「是沒錯……我也是每天都很累，老實說，我很感謝那傢伙願意幫忙。但為什麼要穿旅中運動服？一般的運動服不行嗎……？」

「嗯——好像是想營造出當地的統一感。振興城鎮的手段……吧？我也不太懂。」

其實是興趣……不如說性癖！講出來絕對會嚇到人，所以我掰了個聽起來很正當的理由。臣哥，感謝貼心的學弟吧。

「說起來，我的旅中運動服早扔了。也不想想我幾年前畢業的。」

「我可以借你啊？有另一套備用的。」

「唉……四十歲的女人穿著國中運動服走在路上，不太行吧……」

媽媽顯然沒什麼幹勁，還是不要抱期待比較好。

我咕噥著「等妳有那個心情再說嘍」，把備用運動服放在客廳的桌子上，對母親施以無言的壓力。

因為我也有點想看看。

想看隱約看得出十幾歲模樣的媽媽穿旅中運動服的樣子。

松本家和斯塔林家等於是蓋在同一塊地上，因此我們決定分頭除去厚厚的積雪。媽媽一懶洋洋地出現……

「依夜莉姊……！妳怎麼穿那麼多！讓我們營造出滿滿角色扮演感的色情——不對，當地的統一感吧！」

臣哥就用誠心感到遺憾的語氣大叫著。結果媽媽穿了長到腳踝的羽絨衣，打扮得跟平常一樣，彷彿根本沒把旅中運動服放在眼裡。

「吵死了，混帳東西！誰要配合你那噁心的興趣！」

「修！你是不是把我說得跟變態一樣唄！」

「呃……你就是變態啊。我認為會想看學弟的媽媽穿國中運動服的人滿有病的。」

「不不不！啥？依夜莉姊忍著羞愧硬穿上國中運動服的感覺，會讓我的心——唔、啊、啊嗚嗚嗚嗚嗚嗚……！啊……哇……啊、啊！」

臣哥被不耐煩地皺眉的媽媽施以頭部固定技，講出來的廢話轉為哀號……才剛這麼想，不知為何他發出了幸福的喘息聲……

我和從媽媽的手臂下得到解放，躺在雪上兩眼無神的臣哥四目相交。

「……好猛。依夜莉姊的一切……都是最棒的……」

安心成佛吧。

「這個人從小就喜歡成熟的女性。蠢病不死一次就治不好！」

臣哥陷入幸福的出神狀態，三雲小姐不滿地走過去，用鏟子把細雪撥到笨蛋身上。

「嘿咻嘿咻。髒掉的炸蝦炸好嘍～♪」

小惡魔學妹奸笑著，毫不留情地將水壺裡的水倒在裹著麵包粉的蝦子……不，是裹著白雪的臣哥身上。

隔天早上會凍成冰塊吧。

「…………啊？喂，好冰！不是吧，啥？雛，妳這傢伙！」

「嘿嘿嘿！笨——蛋！請你就這樣冬眠吧！」

臣哥回到現實世界。他發現蓋住身體的雪開始結凍、嚇得驚慌失措的模樣，令三雲小姐捧腹大笑。

「呸——！還不都是因為你全身破綻——！」

她吐出舌頭露出的淘氣笑容，是我第一次看見的「不假修飾的真正笑容」。再加上旅中運動服的影響，彷彿重現了國中時期。

我能輕易想像出他們倆的過去。兩人一同胡鬧，艾蜜姊傻眼地在一旁守望著他們的青春時期。

類似兄妹的關係。至少對臣哥來說的距離感是這樣。

三雲小姐又是如何？她看著臣哥時露出的純情目光，是在把他當哥哥看嗎？還是——

玩樂也要懂得適可而止，接下來是大家一起快樂除雪的時間。臣哥和三雲小姐負責艾蜜姊家，松本親子和陽介則分散在我家的庭院。

「我絕對不會讓你勉強自己。給我去帶除雪機散步。」

媽媽表面看來是那個樣子，其實很愛操心，不肯讓我拿鏟子之類的工具。我只好和光往前面推就會吸進路上的雪，從排出口噴出去的家庭用除雪機一起散步，仔細推過庭院的入口附近。

媽媽爬上屋頂，用鏟子剷掉堆了好幾層的雪。這棟木造平房也很老了……若不定期把雪剷下來，房子可能會被壓垮。

「喂喂喂——！修哥哥，擋路擋路——！」

陽介用雪鏟將媽媽拋下來的雪搬到附近的排水溝，直接扔進去再回到庭院，如此反覆。

他不時會偷瞄音樂教室的方向，露出在鬧脾氣的幼稚表情。

大概是在好奇莉潔的動向。

「喔——正清學長有破綻——！」

「好痛！喂！唔喔！啊、啊——！」

旁邊的庭院，三雲小姐在用雪球砸臣哥的屁股，想還擊的臣哥在結凍的地面上滑倒，摔了一大跤。

「來蓋雪屋吧——！超大的那種！」

「好主意——！雪屋雪屋——！超大的——！」

這兩個人都比我大，不過請容我說一句。你們都快三十歲了還這麼幼稚啊。

他們真的玩起來了。用鏟子不停拍打集中在一起的雪，堆起有點大、表面光滑的雪山。

只有一個人的時候明明算認真的說，這兩人其實是不能湊在一起的組合吧？

我這邊則是因為有鬼母在的關係，別說和樂融融了，跟默默在作工一樣。

「陽介，怎麼了？累了嗎？」

「……沒有，不累。別管我。」

陽介在搬雪的途中杵在原地。無精打采的雙眼注視著待在音樂教室的莉潔。我懂。你的心情我太懂了。

總之我坐在雪上和陽介面對面，順便休息。

「莉潔變得這麼受歡迎，你急了對吧？」

「才、才不是！跟那傢伙沒關係啦！幹嘛扯到莉潔！」

連喉結都還沒長的青澀聲音變得更加尖銳。

「我現在清爽多了。省得要去照顧那個莫名其妙的傢伙……」

既然如此，就給我擺出一副清爽的表情啊。抬頭挺胸地宣告啊。

瞧你現在聲音顫抖、不肯抬頭、雙拳緊握，一點說服力都沒有。

「莉潔變成班上的明星前，是你在照顧她對吧？只有你會去理莉潔……現在卻變成相反的狀況。」

「哈！反正大家很快就會膩了。那些人全部只會跟風，明明他們……根本不了解莉潔。」

「那你就不是嘍？你為什麼要關心莉潔？」

「那是因為……她一個人看起來很可憐……不過，現在那傢伙身邊有那麼多人，我就沒必要關心她了。」

陽介咬緊牙關，無助地凝視在幫同學上課的莉潔。

五年前也有個渣男陷入五十步笑百步的狀況，因自卑的想法而扭曲，最後選擇「跟對方拉開距離」。

「關心別人需要理由嗎？對你來說莉潔是怎樣的存在，勸你最好再仔細思考一遍。」

「怎樣的存在……我們幼稚園就認識，但也不是朋友……不過，我就是沒辦法放著她不管！看著她會覺得很不安，感覺她會像雲一樣飄走……搞什麼鬼，煩死了！」

陽介低頭且抱住了頭。

「現在不明白也沒關係。你這個年紀還想不通。」

小學三年級怎麼可能理解什麼戀愛。

儘管如此，還是會萌生喜歡一個人的心情，存在於心中。幼稚的腦袋無法理解帶來的焦慮。不懂何謂好感，所以會故意惡言相向，引起對方的注意。

等到身邊的人離開，為時已晚後，才會終於發現「啊，我喜歡那傢伙」——這就是青梅竹馬這種存在的麻煩之處。

「你想怎麼做，想怎麼跟莉潔相處……唯有這點，我認為應該告訴她。」

這是跟臣哥學的。

這句話推了直到最後都在迷惘的我一把，拯救了我。

「……我只是想跟莉潔在一起。那傢伙不在，我會很寂寞……明明完全不會彈樂器，卻因為希望她能注意到我才開始學……」

「跟我一樣嘛。想和喜歡的人在一起，基於習慣繼續碰音樂，什麼都不做，只是緊抓著對方，快被甩下來時就主動放手。」

「閉嘴閉嘴！我該怎麼辦……告訴我啊。」

陽介用帶著哭腔，彷彿隨時會哭出來的聲音哀求。

「你該拿臣哥當目標，而不是我。聊些無關緊要的話題，一直找對方玩，對方遇到困難就伸出援手。我希望你成為這樣的帥哥。」

「這樣……就行了嗎？沒有才能沒有熱情……她也不會對我幻滅嗎？」

「嗯。對莉潔來說，有你在身邊就夠了。」

我不會叫他要明白這一切。叫他意識到自己的戀愛感情並傳達給對方是不可能的。

「你現在想跟莉潔一起做什麼？」

「我……想跟她一起玩！想在雪上跑來跑去！和那傢伙在一起超開心的！」

陽介下定決心，將內心的純真心意說出口。

小學生這樣就行了。想跟喜歡的人一起玩，這樣不就夠了嗎？不是配合莉潔的步調，而是讓她配合你的步調。

那就是臣哥的做法。凡人能對天才用的獨一無二的掙扎。

「莉潔！」

陽介直線奔往音樂教室。

抓著莉潔的手臂，把她帶到屋外。

如同捉摸不定，逐漸消失的雲朵的存在。能夠牢牢抓住她的，只有一個人。只有那個一直追在莉潔身後的彆扭少年

兩人面對面，陽介緊張地開口。

「我會負責把妳帶回來！妳就一直隨便飄來飄去吧！」

「…………你在說什麼？難以理解。」

「啊——！怪人不會懂的啦！簡單地說，妳做自己就行了！如果我去帶妳回來，給我邊抱怨邊回來！」

「……唔嗯嗯？雖然不是很懂，莉潔知道了！」

莉潔歪頭，點了一下頭假裝懂了。她應該以為自己有忍住，不過原本緊抿成一線的嘴角整個放鬆下來，明顯上揚。

她心裡應該很高興吧。陽介跟平常一樣，願意追過來。

小學生這樣就行。不需要什麼裝模作樣的話，或是傾訴愛意的做作臺詞。

莉潔對陽介的戀愛感情等同於零。腦內只有音樂和妄想的戰場的少女何時會萌生戀情呢？

願意將孤高的自己帶回來的唯一的青梅竹馬。上了國中，她或許會意識到他的重要性，

為兩人至今以來的距離感感到不知所措。就在短短四年後。

儘管旅中應該已經不在了，青春期的兩人……尤其是莉潔，會如何成長、懷抱著什麼樣的夢想呢？

未來他們得出的答案——唯有神明瞭，暗自竊笑。搞不好會設幾個惡劣的阻礙就是了。

如果長大後的陽介會和我走上同樣的道路，到時候……

為了排除命運的惡作劇，讓我幫點小忙吧。身為曾經迷失方向的人，我想默默守望年幼的兩人的去向。

拜託。至少給我這點時間。

我握住顫抖不已的左手，仰望冬天冰冷混濁的天空，靜靜扔出無意義的願望。

「我現在就是想跟妳玩！想去玩雪！」

「你說……玩嗎？意即以血洗血的聖戰的開幕。」

救世主臉上幼稚的怒火蕩然無存。取回無畏笑容的她緩緩蹲下，用小小的雙手撥雪。

她鍊成一顆手掌大小的雪球，拿給眼前的陽介看。

「致諸位同志。若無法退讓，就去戰鬥。」

「嗯……！我會跟妳一起戰鬥……！雖然我不知道要和什麼戰鬥！」

「此刻正是聖戰之時！對恣意掠奪的罪人，降下救世主的鐵鎚！」

她用嬌小的身體抬起手，扔出雷射光束級的一球。

「好痛！喂！妳在對狂野系帥哥爸爸做什麼唄！」

白色球體命中目標的屁股炸裂。把工作晾在一邊，跑去蓋雪屋的臣哥……不，自稱狂野系帥哥的爸爸遭到制裁。

「此乃民眾的聲音。把你們這些傢伙奪走的國家還來。」

陽介和莉潔用雪球攻擊摸魚二人組。捏得硬梆梆的子彈從天而降，臣哥和三雲小姐急忙躲進蓋到一半的雪屋。

兩位快三十歲的人突然受到襲擊，從雪屋後面探出身體，以雪球應戰。莉潔他們在松本家建立大本營，一面閃避子彈，一面匍匐前進。

神祕的戰爭終於開始！

雖然國土的差距大到像對抗斯塔林帝國侵略的松本地區。

「別小看大人的力量！我們這二十八年可不是白活的！」

「讓那兩個臭小鬼嘗嘗成年版小學生的經驗值！」

臣哥和三雲小姐拿鏟子當盾牌，擋掉一顆顆直接砸過來的雪球。幼稚的兩人逐漸逼退小學生。

戰況對我方不利。就在眾人擔心之時——

「啊，哇——————！」

白色煙火於臣哥臉上爆炸。

圓形結晶在他發出愚蠢怪叫的同時飛散。

「唉……我也老了。腰果然撐不住。」

媽媽站在屋頂上，板著臉捶自己的腰。右手儲備著另一顆雪球，彎曲手腕，輕輕將它拿在手上拋。

銳利的目光是給予敵方戰士壓倒性的恐懼及絕望的戰神。那冷酷不祥的氣息令人產生這樣的錯覺。

垂著頭注視冰冷地面的臣哥抬頭對媽媽投以驚恐的目光。

「雪原狙擊手……國中時期的依夜莉姊不只擅長近距離格鬥，遠距離狙擊也很可怕！」

我是她兒子，但我怎麼從來沒聽說過。

「而且！看那身旅中運動服！那是依夜莉姊的戰鬥服唄噗呃！」

臣哥瞳孔放大，掩飾不住無窮的興奮。

媽媽俐落地脫掉羽絨衣，露出T恤搭五分褲的夏季旅中運動服。而且她還把冬天穿的長袖外套綁在腰間，走令人懷念的中二風！原來妳偷偷穿在裡面！怎麼會有角色扮演味呢！超帥的啦！

「爭執讓人熱血沸騰。算你們有種，敢對松本家（我家）宣戰。」

媽媽臉上浮現狡猾的笑容，露出銳利的犬齒。曾經統治過旅中的不良媽媽僅限今日復活了。

「啊、啊……哇……喔、喔、哇啊啊啊……咿、哇啊啊啊……」

臣哥臣服於兼具優美與性感的大姊面前，陶醉地呻吟，話都說不好了。超噁的，好遜。

「哇——！學長真的好廢——！我一個人怎麼可能贏得了啦！」

化為最後一道防線的雪屋遭到松本地區的轟炸，斯塔林帝國的三雲小姐趨於守勢。不知道是不是上天聽見她求救的聲音——

「好～為了獎勵大家今天這麼認真，我們來玩雪吧♪」

艾蜜姊帶著一群在音樂教室上課的小學生出來。他們好像下課了，似乎也受庭院熱鬧的活力刺激。

嗯、嗯嗯……？艾蜜姊好像怪怪的。

「艾蜜姊……！那、那那、那身衣服是……！」

很正常。因為那是我小學時期迷戀的穿旅中運動服的艾蜜姊。

「大家都穿旅中運動服，所以我想說我也得穿一下。怎麼樣？還行嗎？」

「豈止還行，說妳是高中生都沒問題。嗯，我雖然想看艾蜜姊穿制服，運動服也很有魅力呢……傷腦筋。」

都畢業十三年了，隨著身體成長，尺寸自然也會不合。艾蜜姊的情況下，胸前的布料被撐得特別緊，明顯隆起。

「討、討厭！怎麼馬上就盯著我看！」

「對、對不起……！不小心的……因為太適合。」

艾蜜姊紅著臉用雙手遮住胸前，這個動作也很糟糕。我雖然把臣哥設定成噁男，我這個小弟也挺噁心的……

「艾蜜莉也很犯規喔。哎呀，真的。啊啊，依夜莉姊也難以割捨，不過沒人贏得了老婆唄。哎呀呀，太厲害了。」

倒在雪上的屍體咕噥著。臣哥看穿著運動服的老婆出神，語言能力盡失。深有同感的我也早就瘋掉了。

「我最喜歡雪了～♪大家一起開開心心地玩吧～♪」

艾蜜姊媽媽小跑步跑過來！妳還穿著女兒的制服啊！

「是蘿莉、正太、角色扮演媽媽的援軍——！要拿來代替沒路用的正清學長，可說是有過之而無不及！」

先不說三雲小姐奇怪的用詞了，戰鬥終於發展成正式的雪仗。

為求保險起見，我話先說在前頭，在場沒有半個國中生。只有正處在最調皮的年紀的當地小學生，以及穿母校制服的白痴大人們。孩子們純真的嬉戲聲和幼稚大人激動的歡呼聲在假日傳遍這一帶。

我只有坐在旁邊看。

即使會有想加入其中、想大玩特玩的心情，大概有困難吧。

我只有穩穩坐在庭院的角落，傻笑著觀戰。

「……修也想跟大家一起玩嗎？」

忽然感覺到的，是讓不穩定的心情放心的存在。

她站到孤單的我旁邊，默默彎下膝蓋蹲到地上。

「不，我用看的就好。這樣也夠愉快了。」

「……這樣呀。那我也跟你一起看。」

以同樣的步調陪在我身邊的是比戀人更接近的少女。她的性情反覆無常，有時會忽然晃不見，不知不覺又會出現在旁邊。

「……你為什麼對我一點反應都沒有？」

鞘音低聲抱怨，微微垂下視線。對著聽不懂她的意思的男人用力皺眉。

「……我也穿著旅中運動服。大家都穿了，所以我還特地回家換耶。」

糟糕。為什麼半句感想都沒說啦，我這個大木頭。

「……對不起。與其說沒發現，不如說妳穿這樣太自然了……妳感覺就很習慣穿這種衣服。」

「……你對依夜莉小姐和艾蜜莉小姐的反應明明那麼激烈。」

鞘音毫不掩飾她在吃醋。我有種丟臉事蹟被人偷偷目擊的感覺。

「……以前的我總是穿運動服，一點都不性感對吧。我有在反省了。」

「我從來沒在妳身上追求性感過……好痛，好痛。」

她輕擰我的臉頰。有點痛。

「……國中一年級買的運動服現在穿起來還剛剛好，這我也不太高興。有種……都二十歲了，還是沒有成長的感覺。」

「我覺得妳長高不少啊。三園倒是沒什麼變的樣子……好痛，好痛。」

「……對女性講這種話很失禮。你還不夠纖細。」

鞘音有點生氣，又往我臉上擰。妳男朋友的臉頰要掉下來了。

「艾蜜姊是因為她是艾蜜姊，才會醞釀出誘人的女人味，像妳這樣體型纖瘦的女生我也很喜歡。」

「……笨蛋。不好意思喔，我身體這麼平。」

「呃，真的啦。妳穿短褲的時候我都會偷看妳的腿，今天妳穿運動長褲所以看不見就是了，好痛，啊！」

「……笨、笨蛋！不用看那種地方！」

這次她羞得彈我額頭。我明明大肆稱讚了她一番，為什麼……？

修長的雙腿，緊緻纖細的體型。

聰明又美麗，喜歡她的女粉絲也很多。每天都在訓練，以提升歌唱力及演奏力，因此手臂及腹部也有適度的肌肉。

本人似乎嫌自己發育不足，但這也是一種複雜的少女心吧。

「漂亮的便服雖然也很棒，俗氣的運動服也挺符合妳的風格，我很喜歡。對我來說，運動服還比較有親切感——哇啊！好冰！」

鞘音把我運動服的下襬捲起來，將冰冷的手貼在我背上。瞬間的冰涼感導致肌肉收縮，我忍不住發出窩囊的尖叫……

「……不行。我也長大了，會希望有人稱讚我的便服。」

我的女友是個任性的人，很快就會紅著臉鬧脾氣。

「修的尖叫聲……是『哇啊』。呵呵……好可愛。」

「不不不……突然被人用手冰，誰都會嚇到啦。」

生了幾秒的氣後，鞘音以手掩住嘴角，微微一笑。

她表面上裝作冷靜沉著，其實感情相當豐富。

這一點真的很可愛。

「那兩個傢伙在幹什麼啊——！偷偷摸摸在那邊卿卿我我的情侶不可饒恕！我要撂倒他們——！噗呃！」

我好像聽見三雲小姐靈魂的怒吼……不過因為她被媽媽打中的關係，叫了一聲後倒在地上。那個人個性也挺扭曲的。

「……我們沒在卿卿我我吧？」

「……對呀。以前就是這個距離感。」

不曉得是三雲小姐故意找碴，還是我們情緒太高漲，沒有自覺。無論如何，被雪球盯上就麻煩了，還是盡量不要引人注目吧。

偷偷在兩人世界交流就行了。

「……歌詞的進度還不錯。真想快點唱你送我的禮物。」

「嗯，我也想快點聽見。然後在貴賓席彈奏。」

等不及下週的聖誕節——雪燈祭了。然而當天還有SAYA貓的活動，應該會因為要準備演唱會和排練的關係忙得要命。

我還想趁工作閒暇之餘來場安靜的約會。

就算是有名的卒仔松本修，也決定要跟戀人進入下一階段了。

要在聖誕節當晚，跟桐山鞘音「第一次接吻」。

我們之間瀰漫一股互相渴求的安靜氣氛。我是右手，鞘音是左手。我僵硬地伸出一隻手，靠觸感和溫度找到她，將彼此的手指纏在一起……用力握緊。

自己的指腹和對方的手指重疊的陌生感。

這是叫十指交扣嗎？

總覺得有點難為情，不過沒人在看這邊，就一直牽著吧。

感覺得到鞘音的一切。這告訴了我，我的感覺和身體機能沒有完全被侵蝕，沒有被徹底奪走。

妳擰我臉頰帶來的痛處，妳對我惡作劇時冰冷的手心，與妳的體溫相觸時產生的微熱，都是「活著的證明」。

不斷加速的心跳和染上白色的呼吸溫度，甚至害我開始擔心起周圍的雪會不會融化。

我的手和鞘音的手。

零距離重疊的肌膚，帶有舒適的熱度。

＊＊＊＊＊

當天晚上，我在房間用電腦工作。

檢查跟外面的廠商下訂的ＳＡＹＡＮＥ周邊商品的設計、更新公司的官網和社群網站，工作做都做不完，令人高興。我已經把演唱會的消息告訴粉絲團的會員。實際上等於不用花錢的免費演唱會。就社群網站上的反應來看，幾乎可以確定會有大量的粉絲殺過來。三雲小姐說，附近的飯店和旅館當天也都客滿了。ＳＡＹＡＮＥ帶來的經濟效益，今後想必會愈來愈壯觀。

我拿起震動的手機，發現收到一則訊息。

【檢查完周邊哩。接下來要做啥？】

是連打字都有口音的臣哥傳的。

【謝謝！我傳演唱會場的平面圖和正式演出的節目表給你，麻煩幫我在活動當天前檢查一下】

訊息一傳出去，臣哥便【好喔！】一口答應。儘管只是簡單的一句話，光是用了驚嘆號，臣哥那粗野的嗓音就在腦內重現。

臣哥會在能力範圍之內幫忙處理公司的雜務。雪燈祭的工作他也攬下一堆，幫了很大的忙。

雖然拿不出太多錢，我提議可以發薪水給他……臣哥卻堅持不收。

他帶著燦爛的笑容回答。

你們只要開心唱歌，盡情做有趣的事就好了。對我們當地居民而言，那就是最好的報酬咧。

我對於那個人受到眾人的傾慕、受到女性的喜愛，從來沒有產生疑問過。

搞不好連男人都會迷上他，誰教他那麼帥。

若那就是我報恩的方式，我可以收下臣哥的好意嗎？

有人願意幫我分擔工作，所以我可以專注在自己該做的事情上。可以埋頭在幫鞘音設計最完美的舞臺這個幕後工作上。

我在處理文書工作之餘，用鍵盤作曲和練習演奏。

放在琴鍵上的手指在發抖。與自身的意志無關，彷彿在拒絕受我控制。

黑白雙色的舞池。十根手指在上面拚命舞動。透過耳機傳到鼓膜的音色跟腦內的理想有些許差異。我沒有因此卻步，持續彈奏醜陋的舞蹈及不符合想像的旋律，毫不猶豫地敲響不協調音。

思考從未停滯。焦躁歸焦躁，我一定能夠克服。

只要想成是我過去一直選擇輕鬆的選項，如今在還債就行了。這點阻礙，我相信我們兩個能克服。

就在這時，我感覺到其他人的氣息，停下手指。

耳邊的聲音一停，就突然安靜下來。我坐在工作椅上向後轉，媽媽坐在床邊，神情平靜地注視我。

「妳在就跟我說一聲啊。」

我關掉合成器，以苦笑掩飾尷尬。專心演奏的時候，僅僅是有人進房間的話，我不會馬上發現。

「我在客廳喊了好幾次『笨兒子～吃飯嘍～』，可是你半句話都沒回。」

媽媽似乎是因為我怎麼叫都沒反應，才特地來看看狀況。若我專心彈琴的模樣都被她從背後看在眼裡，有點不好意思耶。

「我肚子……不太餓。」

「不行。不硬吃點東西的話體力會衰退，人也會變瘦。」

媽媽用有點強硬的語氣給予我忠告。她將帶過來的東西交給我，轉身走出房間，淡淡扔下一句「我在緣廊等你」。

媽媽塞進我右手的是一般的鋁罐。

「無酒精啤酒？」

罐子的設計頗像啤酒，不過仔細一看，裡面的酒精含量是零。媽媽離開時沒關門，外面的空氣流了進來。

這味道……該不會是……

房裡一直沒換氣的的男人氣味瞬間一變。濃郁的味噌和高湯的香氣竄入鼻尖，促使唾液分泌。衰退的食欲遭到刺激，咕嚕咕嚕響的肚子輕快地操縱沉重的雙腿向前。

緣廊是指往屋簷凸出的木製走廊般的空間。這個構造隨著時代變遷好像慢慢消失了，但我們家一直以來都有，所以我很熟悉。

緣廊前面是松本家樸素的庭院。白天陽光會直接照進來，春天會讓人想睡午覺，我記得小時候，我還會跟鞘音一起坐在這吃西瓜。

「嗚哇……好冷……」

由從屋內透出的燈光微微照亮的緣廊暴露在室外的冷空氣下。留在庭院地上的殘雪薄膜反射優雅皎潔的銀白月光。

我只有在運動服外面套了件半纏，冷得不停發抖。

「喔——你終於來啦。快坐下。」

緣廊上放著兩個坐墊，媽媽豪邁地盤腿坐在其中一個上面。我也跟著坐到她隔壁的坐墊上。旁邊放著煤油暖爐。讓人看了心情平靜的紅褐色火焰正好飄在手邊，緩緩釋放熱度，消除身體的顫抖。

木造地板上放著酒瓶和木碗。看來今晚要在這吃晚餐，而不是平常用餐的廚房。以松本家來說是挺罕見的情景，不過偶爾吃一頓風雅的晚餐也不錯。

「對了，鞘音呢？她要在自己家吃晚餐嗎？」

「剷完雪後，她先回家洗澡。她說晚上再過來，等會兒應該就會出現。」

「桐山爸爸很寂寞喔。聽說他在難過愛女心裡只有你，跟爸爸的相處時間變少了。」

媽媽喝了口還在冒煙的熱酒，愉快地笑道。

鞘音爸爸，對不起……

「我雖然只有兒子，如果我有女兒，八成也會像他那樣。要是莉潔交到女朋友，正清感覺也會一直哀哀叫對吧？」

「對啊。他在旅名川祭的慶功宴上也在那邊吵著說『莉潔要一直住在爸爸家喔』。」

無謂的閒聊時間開始。媽媽不知是不是已有些醉意了，連這種無聊的話題都能逗得她開口大笑。我將無酒精飲料倒進杯中，舉高到眼前。

看出我意圖的媽媽倒了杯當地酒，輕碰我的杯子。乾杯聲響徹冬天的夜空。我一面用暖驢取暖，一面在月光下與母親共飲……活了二十年，第一次這麼悠哉。

「……和兒子一起悠哉地喝酒，一面閒聊，是我的夢想啊。」

「我喝的是無酒精飲料，算不上酒耶。」

「這點小事就別管了。大病初癒的傢伙別想喝酒。」

講得太對了。我用少了一味的啤酒味飲料潤喉，視線移向一直刺激嗅覺的香氣。

「啊——這個嗎？等我一下。」

媽媽跪到地上，緩慢移動。用勺子隨便攪拌幾下暖爐上的「香氣來源」。在不鏽鋼鍋子裡靜靜冒泡的是——芋煮。

將芋頭、紅蘿蔔、白蘿蔔、蒟蒻、大蔥等食材丟進湯裡煮的鄉土料理。調味方式每家都不同，松本家喜歡用味噌。媽媽愛吃肉，所以顏色混濁卻又閃爍著油光的湯裡，還有許多燉得又軟又嫩的牛肉。

小時候，媽媽都會把味噌湯放在暖爐上保溫。

「你之前說要吃，所以我久違地嘗試了一下。味道我不敢保證。」

對喔，住院時我跟媽媽提過。一天到晚都在吃淡而無味的醫院餐，害我吃得很不開心，非常想念媽媽做的重口味料理。

她盛了碗芋煮遞給我，我點頭接過。

「很燙，吹涼再吃啊。你從小就怕燙又吃得快——」

「啊！好燙！」

「就叫你吹涼再吃了！你是小孩子嗎！」

媽媽話還沒說完，她的笨兒子就嚼著熱呼呼的芋頭哀號。這個人毫無疑問二十歲，精神年齡卻還是國中生。

我打起精神，仔細吹涼後慎重地喝起加入味噌的熱湯。

這形容很隨便，但我認為應該是最貼切的。有家的味道。一股暖意傳遍體內，不畏寒意的汗水沾溼了皮膚。

深深烙印在記憶中的媽媽的味道，與逐漸滲透消化器官的熱湯混合在一起，甚至讓我感動得起雞皮疙瘩。

「上次吃到妳的芋煮，搞不好是小學的時候……」

「當時我是在鎮上的芋煮會做的。我帶了你和鞘音去，你們一直叫著說好吃，吃了好幾碗呢。」

不曉得是不是因為吃到同樣味道的芋煮，我隱約回想起來了。

白雪消融的時期，鎮上在旅名川國小的操場舉辦芋煮會。如活動名稱所示，是由有意願的父母煮芋煮招待居民的小規模活動。

一升上國中我就故作成熟，再也沒參加過……不過，以前吃得津津有味的味道和風味深深地刻在我的舌根處。

我頓時非常懷念那股滋味，原本近乎於零的食欲大增，只顧著動筷子。嘴巴從來沒離開過碗，將各式各樣的料送入口中，即使吸食的聲音不好聽也狂喝著湯。

「……可以再來一碗嗎？」

「嗯。你可是我兒子，多吃點。」

我把瞬間見底的碗拿給媽媽，她從鍋子裡又幫我添了一碗。拿吃她親手做的料理吃得不亦樂乎的兒子當下酒菜，小口享用日本酒。

碗筷的碰撞聲、咀嚼胡亂切的料的聲音、喝熱湯的聲音、喝完湯的吐氣……這個空間明明只聽得見那種粗俗的聲音。

我卻有種深不見底的不安及恐懼平靜下來的感覺……希望這段時間永遠持續下去。

「嗚嗚……嗚……呼……啊啊……嗚嗚……」

不知為何，明明是在度過無可取代的時間，明明終於取回了青春，嗚咽聲卻停不下來。

「你在哭什麼啦。我的芋煮那麼難吃嗎？」

媽媽盯著一語不發的我看。

不行。聲音卡在喉間，講不出其他話。

「我五年沒做像樣的料理了耶。你回家後我才又開始做的。有點難吃也別怪我。」

「……好吃。當然好吃……可是，媽媽也不年輕了，味道還是淡一點比較好……」

「煩死了。顧慮鹽分哪做得出好吃的炒飯。」

「就知道……妳會這樣說。媽媽的炒飯……我最喜歡了……」

帶哭腔的聲音梗在喉間，明顯有分岔。

「又不是最後一次。明天，明年……只要我活著，隨時都能做給你吃。我一個人吃不完，你也要幫忙啊。」

「……嗯。」

我低頭掩飾大顆的淚珠，媽媽豪邁地摟住我的肩膀。

爸爸去世時，牽著我的手的觸感彷彿在表示絕不會放開我。這股力道讓我想起當時的回憶。

「再怎麼藏，都瞞不過我的眼睛。『只要聽見你彈出來的音色』，就會被迫明白……跟以前的演奏差太多了。」

媽媽原來是想說這個。

在家裡彈那麼多次的琴，果然會被看出來。媽媽是在最近的地方守望我成長的人。些微的異狀和變化說不定都能敏銳地察覺。

我自己也有強烈的體會，卻不想承認。我的身體以十月的旅名川祭為巔峰，「開始拒絕命令」。

隨著病情越來越嚴重，理想的聲音離鍵盤越來越遠。腦內想像得出樂曲，我的手指卻否定將其體現出來。

在旅名川祭上的演奏，是蠟燭燃燒殆盡前最後的光芒。說著「垃圾要綻放光芒後再凋零」的傢伙，一旦面對事實，就會慌得不知所措。

「你跟……鞘音說了嗎？」

「……沒。我沒和任何人說。」

沒說。說不出口。

這樣會害相信我已經「完全康復」的大家和那傢伙難過。

我再也不想看見哭得彷彿會被雨水壓垮的她。

五年前的訣別。光是想到烙印在記憶中的「那個表情」就覺得心痛欲裂。

「其實連出院都有困難了，你……為什麼有辦法不為所動……你太急著燃燒生命了……給我活久一點啊……」

媽媽眼中的水滴閃爍淚光。我無法直視隨時會奪眶而出的眼淚，下意識移開目光。

媽媽是不是為了將她的希望傳達給我，才再度拿起酒杯的？為了掩飾不安，為了舒緩擔憂……她又暴露出了自己柔弱的部分。

「因為我是不良媽媽的兒子，才會長得這麼任性吧。」

「是我……養小孩的方式錯了。」

「對不起。我沒事了……因為我答應過鞘音。」

明年，後年，未來的每一年，冬天都要跟她一起玩雪。

「在喜歡的女人面前就盡情耍帥吧。不過……少在父母面前逞強。你大可光明正大表現不安的那一面。」

「我……可以依賴妳嗎？」

「小孩子依賴家人再正常不過了。我們家就只有我們倆啊。」

媽媽粗魯地在我低下來的頭上亂摸一把。她是我現在唯一能說喪氣話的存在，最了解松本修這個人的人。

就算我將扭曲的心牢牢地關進籠子，也會因她而鬆懈。

「我……現在過得真的很開心，但我好害怕。正因為取回了這樣的生活……才會更害怕失去。」

這不是重來的青春，而是在爭取時間過後蒙賜的憐憫，並非永恆。正因為是終將結束的青春的傷停時間，我才自暴自棄地踏出第一步。

反正都最後了。至少要做點什麼。

這顆定時炸彈，迫使徹底腐爛，快要發酵的尼特族行動起來。

埋頭蠻幹。不負責任。從來沒想過能取回青春，從來沒想過取回青春後的事。

「我不想失去……『又只有我一個人從這麼幸福的日常中消失』……我不要……」

裝出來的堅強裂出漂亮的裂痕，誠實的情緒化為悲愴溢出。

「為什麼……為什麼是我……我想一直……跟大家笑著做蠢事……想跟鞘音……一起活下去……為什麼……我要……遇到這種慘事……」

人類的性命不存在永恆這個概念。就算明白自己反抗不了神所賦予的命運、有限的青春……仍無法默默接受。

「你白痴喔。身為松本依夜莉的兒子，直接賞那個爛神一拳就對了。假如祂還是要欺負你，我死都會保護你。」

「媽媽……媽媽……嗚……嗚……嗚嗚……」

「你雖然是要人費心的笨兒子，我卻覺得你可愛到不行。在我面前，要說喪氣話還是要大哭都沒關係。因為……你是我唯一的寶貝兒子。」

媽媽抱住嚎啕大哭的我的肩膀，用更大的力道將我摟近。從出生的那一刻就在身邊的母親的氣味和觸感，宛如讓二十歲的人變回小孩的時光機器。

「明天我也會煮你喜歡的東西。你想吃什麼？」

「……妳特製的甜味咖哩……有放牛奶提味的那個……」

「好。交給我。」

明天我會恢復成正常的大人，所以現在讓我撒嬌吧。被人笑是母控也無妨。能跟全世界只有一個的母親撒嬌是獨生子的特權。

有種我是小學生，媽媽才三字頭……的感覺。

我們配著芋煮，用酒和無酒精飲料乾杯了好幾次，暢談回憶。沉浸在短暫回到過去的感覺裡，在家裡的緣廊靜靜度過這數分鐘。

冬天的夜空從小到大都沒變。妖豔的月光優雅地散著步，守望我們這對母子。

放在口袋裡的手機震動，螢幕上跳出一則訊息。

「鞘音說她現在過來。」

是鞘音傳的。只有短短一句「我現在過去」。

還不忘加上貓咪衝刺貼圖。

「這樣啊。別聊感傷的話題了，三個人一起吃飯吧！鞘音喜歡甜酒對吧？」

「我比較喜歡燒酒兌熱水。」

「傻子，誰管你喜歡喝哪種。」

媽媽用衣袖拭去眼中的淚，拔出插在庭院的雪裡頭的罐裝酎HIGH。在溫暖的暖爐前喝冰涼的甜酒……是庶民的奢侈。

「你喝這個將就一下。」

媽媽扔了同樣插在雪裡冰鎮的寶特瓶給我。接住的瞬間，裡面的無數顆氣泡接連破裂。

透明的碳酸飲料。是以前我常喝的汽水。

這是酒。是……酒精濃度低的沙瓦。我暗示自己這是甜甜的酒，連臣哥都會相形見絀的可笑想法使我相當地愉快。

猜到我在想什麼的媽媽嘲笑我時，我感覺到玄關有人。那人跟平常一樣「……晚啊」客氣地打招呼。

鞘音家離我家走路不用五分鐘。不過，從我收到訊息到她抵達為止，連兩分鐘都不到。

雖然覺得有點快，但我沒有想太多，意氣風發地到門口迎接她。

來舉辦一場時隔多年的三人芋煮會吧……

真的好可怕。睡前要跟對死亡的恐懼戰鬥，無法如自己所願的現狀令人煩躁，連明年的行程都無法確定，令人發自內心感到不甘心。

不能讓盤踞於心中的負面情緒體現在說出來的話和態度上，汙染周遭的人。我渴望的不是讓他們為我操心、同情我的關係。

所以，我要寫歌。

將每天滯留在原地的心情，當成歌詞記錄下來。

寫成跟送給鞘音的禮物相反的——得不到救贖的悲戀原創曲。

我大概不會把這首歌給鞘音。

因為一定會讓妳失望。

第四章 我喜歡，卻又討厭冬天

雪燈祭前一天。也就是有戀人的人會明顯興奮起來的聖誕夜……不過，我沒什麼時間感到興奮。

練習演奏、作曲、編曲、幫SAYANE宣傳、陪SAYA貓參加當地的活動、定期復健……時間轉瞬而逝，再多都不夠用。

身體不斷積蓄疲勞，精神方面倒是挺充實的。因為經常跟鞘音在一起，對我來說每天都跟約會一樣。

說到這個，臣哥和三雲小姐會說我在「放閃」。但至少讓我在這個洋溢聖誕味的季節盡情放閃吧。我也只能跟故鄉親近的朋友炫耀啊。

以鞘音的人氣和身分，根本不可能正常約會，在人多的地方也不能表現得像情侶。所以我們會在家裡附近偷偷牽手，一有獨處的機會，偶爾還會抱緊對方。

彷彿在共享祕密的關係讓心情更加雀躍。

然而，接吻的難度遠比這更高。雖說我們之前是比情侶更接近的青梅竹馬，當然還沒接過吻。而情侶是接吻也不奇怪的距離……照理來說。

嘴唇要碰在一起耶。觸感和氣氛什麼的……是我太陌生的世界。

再說，是要如何開啟話題？是由其中一方提議「來接吻吧」，還是氣氛會讓身體自己採取行動？

戀愛經驗只有國中生等級的我困惑不已，在桌上的歌詞簿寫下苦惱的心情。呃，其實我有很多剩餘的工作要做……只不過一想到鞘音，情緒就會過度激動，除了戀愛什麼都沒辦法想。

我才會將充滿腦內的蒸氣化為音色及文字抒發出來。

「……這歌詞跟國中生的初戀一樣。」

「哎，我的戀愛是停留在國中生階段沒錯啦。」

咦？房間裡明明只有我一個，怎麼有人在跟我說話？

我轉頭望向聲音來源，近在身旁的是……彎腰偷看我筆記的鞘音。我差點嚇得輕聲驚呼，但這樣太遜了，所以我忍了下來。

「……因為你在發呆，我一直在看你。」

「我專心做事的時候會渾然忘我，麻煩叫我一下。請別偷偷觀察。拜託了。」

「……呵呵，我會考慮。你發呆的表情太可愛，我搞不好能永遠看下去。」

她淘氣的微笑，明顯表達出今後也會繼續偷偷觀察我的意思。

這樣太刺激了，不要無聲無息潛入我房間啊。

還有，也不要突然說人可愛。會害不習慣被誇的男人露出噁心的嬌羞笑容。

「是說，妳難得沒事先跟我說就來耶。平常都會規矩地打電話或傳訊息通知我的說。」

「……因為我們今天約在門口見面，你卻一直沒出現。」

約在門口見面……？

「啊，今天要排演！我忘得一乾二淨……！」

隔了數秒鐘，我想起今天要排演雪燈祭的演唱會。公司的雜務、練習表演曲目等事情忙得我暈頭轉向，害這件事從我的記憶中消失。還是說是因為我在想女朋友，忘記時間了？現在可不是悠哉地妄想跟鞘音共度聖誕節的時候。我們和三雲小姐約下午一點在旅名川滑雪場見面，集合時間快到了。

「……我來開車，應該來得及。」

鞘音得意地做出握著方向盤開車的動作。那堅定的自信是從哪來的？來不及也沒差，希望她開車注意安全。

我們搭乘鞘音的車子離開松本家，花了二十分鐘左右抵達旅名川滑雪場的停車場。平日的白色斜坡空蕩蕩的，半個客人都沒有。

「喂～你們好慢喔～」

三雲小姐氣呼呼地雙手扠腰站著，指著手錶抱怨。

我走下車，低著頭跟她會合。

「不用說了，我知道。八成是去約會對吧。哈，因為全世界都在過聖誕節嘛～」

她不悅地噘嘴，滔滔不絕地諷刺道。

「不是啦。我只是在把男生苦悶的心情寫下來。」

「啥？不要一開口就跟我放閃——————————！你想跟懷著苦悶心情工作的我吵架嗎——————————！」

三雲小姐發出靈魂的咆哮，化為山中的回音彈回來。我不禁失笑，在周圍工作的工作人員也藏不住微笑。

「反正一定是想到戀人～就忘了時間啦！」

被她說中，我以苦笑帶過。由他人口中說出來，我開始覺得這麼興奮的自己挺丟臉的。

三雲小姐大概是覺得嫉妒學弟太空虛，眼神變得柔和。

「好想為愛煩惱喔～好想談戀愛喔～」

「我把妳當成親姊姊在挺。雖然我認識的人不多，但我會幫妳介紹對象的。」

「被小自己七歲的弟弟關心的大姊姊好可悲啊……」

她垂著頭流下心中的淚水，希望她堅強地活下去。

「……修，別看她這樣，三雲小姐也是有尊嚴的。是那些男人太蠢，放著高學歷的活潑美女不追。」

「唔喔——！SAYANE小姐！女人的友情真美妙！」

三雲小姐非常高興，一把抱住鞘音……然而……

「……嗅嗅，有男人房間的味道！妳這個叛徒！」

她敏銳地聞到異狀，開始糾纏鞘音，果然是臣哥的妹妹。

經過片刻的閒聊，我們來到設置於滑雪場一角的活動會場。

簾幕包覆住舞臺帳棚的骨架，巨大的厚重感端坐於純白的畫布中。各種燈光設備裝在鐵架上，擴音器、螢幕等音控系統也準備齊全。和觀光協會合作的公關公司的職員一面下達指示，一面搭建快要設置好的舞臺。

「前一天有很多事要做呢！尤其是排演，得在沒觀眾的時候搞定才行。」

「所以今天才臨時公休嗎？也對，在營業日排演的話會被滑雪客看光。」

排演是用來確認演出流程，實際演奏樂器調整音控系統的，有觀眾在就不成立。尤其是室外活動，四周最好沒有相關人士以外的人。正因為是平日客人少，晚間也不營業的冷清滑雪場才有那個時間給我們慢慢準備。

臣哥一家要上班上學，所以晚上才會來的樣子。

「那趕快來複習當日的流程吧！」

我們在滑雪場的各個地方移動，聽三雲小姐說明。當天的節目、時程表、移動路線、等待地點等等，親眼實際確認事先拿到資料的資訊。

「白天有ＳＡＹＡ貓的交流活動，黃昏開始要幫忙做雪燈，晚上是ＳＡＹＡＮＥ的演唱會……還滿忙的，做好覺悟吧♪」

回到舞臺附近的途中，三雲小姐帶著燦爛的笑容對我們施壓。行程雖然排得很緊，不過還是挺讓人期待。

工作愈忙，我和鞘音不服輸的鬥志愈會熊熊燃燒。

「有件事想麻煩三雲小姐，可以在纜車售票處附近設置物販區嗎？我想賣跟外包廠商訂的ＳＡＹＡＮＥ周邊。」

「你也很精明喔～不愧是代表一家公司的男人！」

「這次是免費演唱會，所以我想靠販售商品賺點錢。」

明明是突如其來的請求——

「ＯＫ！借你滑雪場的小帳棚！」

「謝謝！幫大忙了！」

我成功借到拿來賣腕帶、毛巾等周邊的空間。不賺錢的話活動也會受限，因此我想盡量獲取利潤。

相對地，我也不會吝於提供有意義的出資。為了將能擄獲所有觀眾的心的完美ＳＡＹＡＮＥ呈現出來。

當天臣哥和艾蜜姊預計來幫忙顧攤。這樣我就能專心守望、犒勞鞘音了，我非常感謝他們。

一回到舞臺，鞘音就拿著自備的電吉他奏響輕快的聲音代替打招呼。透過混音器和效果器，從好幾臺擴音器放出的音波。

即使是便服加平光眼鏡、鴨舌帽的下班模式，只要她一拿起吉他和立式麥克風，孤高就會降臨。從平凡的少女切換成創作歌手的纖細表情。

音控人員邊聽邊微調聲音平衡和器材位置，頻頻催促鞘音繼續演奏。讓她在跟正式演出時同樣的環境下演奏，我們演出人員、主辦人員才能創造出理想的聲音。

「鍵盤也麻煩了。」

我也不能只是在一旁看得出神。我彈了一段要在演唱會上演出的曲子，奏響各種音色。響徹雪原的琴聲儼然是森林的音樂會。不曉得動物們有沒有在聽。

不過，彈起來比想像中更爽快，導致我沉浸在壯闊的感慨中。

「好──沒問題。」

工作人員不可能知道我的心境，淡漠地操作音響。觀眾聽見的聲音、從螢幕傳出的聲音等等，熟練地反覆調整，記錄當天的設定。

我的感慨逐漸被奪走。愛機MOTIF-ES7離我好遠。手放在鍵盤上，卻彷彿沒在觸摸它的未知的不悅。按住滑輪的指尖開始不自然地抖動。

藉由裝出來的笑容掩飾異常的疲勞及四肢的異樣感。在我和鞘音確認正式表演用的曲目時，不知不覺夕陽已被山峰遮住。

「唉……」

我坐在舞臺邊緣，猛烈襲來的倦怠感混入嘆息之中。明明只有彈一部分的曲子，中間還夾雜頻繁的休息……我卻在途中累得喘氣，產生手臂結凍的錯覺，左手手指還快要抽搐。

旅名川祭的時候，至少我直到最後都彈得很開心。大概是興奮超越極限，疼痛和疲勞的概念消失了吧。

現在的餘味是苦痛。根本無法相比。劣化，或者說——衰退。現在沒用的四肢感覺像不屬於自己的異物。

「……辛苦了。」

鞘音慢慢坐到我旁邊，把毛巾遞給我。

「我只有簡單彈一下而已，沒流那麼多汗啊。」

「……可是，你臉上……好多汗。」

經鞘音這麼一說，我伸手撫摸自己的臉頰……滿手都是黏膩的汗水。我用毛巾擦拭汗如雨下的臉，掛在脖子上當圍巾用。

完全沒感覺到熱。身體也沒像演唱會的時候一樣激烈動作……僅僅是站在原地彈琴罷了。

「可能是因為我狀況超好，不小心彈得太激動。」

「……這樣啊。那就好……」

鞘音不安地望向下方。希望我還有辦法靠裝的掩飾過去，就算只有表面也好。

我不想害鞘音過度操心。不能給予容易被情緒影響的主唱負面影響。至少表情要裝作平靜，讓她放心。

我才剛出院，復健也復健到一半而已。儘管身體因為手術及治療的關係缺乏體力，今後會慢慢恢復。她是這麼相信的。

太陽完全下山，滑雪場打開照明燈。現在時間接近下午六點，白光照亮了舞臺帳篷，吵死人的廂型車駛上山路。

耳熟的嘻哈音樂朝這裡接近，在無聲的山林中轟隆作響。

「嗨——晚啊——！主角姍姍來遲嘍！」

外型低俗的車子吵，打招呼的聲音也很吵的前不良少年下班就立刻趕來了。他當然不是主角，而是觀光協會的幫手這種徹徹底底的配角。

「正清學長好慢喔！作為懲罰，請你幫忙把觀眾席的積雪清掉～」

「哈哈哈！小事一樁！我去拿鏟子！」

規模偏大的活動，觀光協會會和公關公司合作，因此臣哥不會成為主辦方的中心……但這個人只要找他，就會願意過來。

一口答應三雲小姐的命令的臣哥是鎮上的萬事屋。不對，是可靠的大哥哥。

他眉頭都不皺一下，豪邁地笑著，就算是單調的工作也會帶頭去做。

然後，從同一輛車上下來的母女也不能忘記。

「小雛，妳好♪我們只要試音就行了？」

「此地即戰場……明日將化為掩埋戰士聲音及亡骸的聖戰舞臺。」

艾蜜姊跟莉潔在三雲小姐的帶領下走上舞臺。

設置於舞臺後方的鼓組是事先搬進來的要塞組合。光是鼓組就能把公民館的舞臺占去一半，不過這次的舞臺比較大，從觀眾席看過來或許會覺得鼓組並不大……對站在附近的表演者來說，魄力卻相當驚人。

一眼就看得出跟其他樂器隊比起來，艾蜜姊的全套鼓組占了很大的面積。

艾蜜姊坐到鼓椅上，莉潔拿起吉他。

兩人迅速開始試音，我和鞘音則在觀眾席旁觀，這對母女真的很犯規。基本上，排演不是練習的機會。主要目的是為正式演出調整環境，因此只要隨便彈幾段即可。

她們演奏的聲音卻讓人聽得入迷。艾蜜姊不停用雙腳踩雙踏板，雙大鼓震得地面都在搖晃，以及莉潔那調變效果強烈的旋律。

我和鞘音輕聲倒抽一口氣，化為杵在原地的觀眾。

座位統統是站席，所以沒椅子。臣哥正拚命剷雪的冷清平原被大量觀眾擠滿的景色，會帶給我們多大的感動呢？

因為忙碌期而加班的媽媽也前來會合，從晚上開始，參加組的排練就順利進行著。

「嘿咻，嘿咻，嘿咻！看我的，看我的，看我的！水啦————！」

在遙遠的後方揮動鏟子的那傢伙好吵。

「哎呀~累死我了。你們也辛苦嘍。」

三雲小姐朝我們走來，遞出熱可可。聲音低沉，強烈感覺到她累積的疲勞。

旅名川觀光協會的員工很少。而且還因為高齡化的關係，稱得上年輕人的只有三雲小姐一個。她不僅成了指揮外聘員工的司令官，還把平板帶過來處理文書工作，勞力活也有幫忙，十分威猛。

如果把事前計畫、準備階段也考慮進去，她應該很累吧。

「三雲小姐工作做完了嗎？」

「還沒——！但我現在想喝，所以我要開喝了~」

三雲小姐迫不及待拿到嘴邊的是從哪個角度看都有五百毫升的高球。她挺起胸膛，光明正大喝起酒來的模樣，甚至讓人覺得勇氣可嘉。

「我就是為了這一杯，今天才請家人載我過來的！如果ＳＡＹＡＮＥ小姐能開車載我回家就太棒了！拜託！」

「……可以啊。我的開車技術有保證。」

「哇——！真的謝謝妳——！」

是誰的保證呢……請來親眼見證鞘音開到滑雪場的路途中，擔心得身體忍不住往方向盤靠的模樣。我覺得連這位聒噪的前辣妹話都會變少。

「不能忍到回家再喝嗎？工作時間喝酒不好吧。」

「沒關係啦。這工作不喝酒哪幹得下去！」

打破寂靜的，是晚上前來會合的人持續調音的聲音片段。

她不顧形象地大口灌著高球，咕嘟一聲吞下去，深深地嘆息。彷彿濃縮了積蓄於心中情緒的二氧化碳霧氣被夜晚吸入。

「嘿嘿嘿，好好笑喔。」

三雲小姐斜眼看著在努力剷雪的臣哥，微笑地說。

「看到學長，會有種明天也要加油的感覺。覺得在那邊倦怠、煩惱的自己太蠢了！」

「我有同感。只要那個人在，就沒什麼好怕的了……他就像值得信任的摯友。」

「對吧！他以前就是那樣的人，長大後也完全沒變喔！」

之前我就隱約察覺到了。

三雲小姐總是用羞澀的眼神注視臣哥，提到他的時候語氣輕快，不經意間露出的笑容是戀愛中的少女。一有機會——她的視線就會被臣哥奪去。

「我之前就在想，妳為什麼會在旅名川的觀光協會工作？講這種話不太好，可是那裡的薪水跟待遇感覺不怎麼樣。」

「當然是因為我最喜歡故鄉嘍！」

三雲小姐挺起胸膛回答，不過……

「……只有這樣嗎？那不是念好大學的人剛畢業會特地去選的工作吧。實際跟妳見過面、說過話後，我也一直覺得很奇怪。」

鞘音跟著表示疑惑，三雲小姐陷入沉默，看起來有點消沉。她將右手拿著的酒含入口中，直接喝光，拿起附近的桶子。

「不是什麼大不了的原因……但不喝酒我大概說不出口……」

三雲小姐蹲到地上，仰望站著的我們。

「我來教你們做雪燈！」

這句意味深長的邀約看似愉悅，卻有股虛幻感。我和鞘音面面相覷，在三雲小姐的催促下乖乖蹲下。

＊＊＊＊＊

「先把一公升的瓶子放在桶子裡。今天沒帶瓶子，就用我剛才喝光的高球罐代替吧。」

喔喔，在桶子中央放圓柱形的物體……嗎？

「把雪塞滿放了罐子的桶子。用手壓緊，請盡量不要讓雪垮下來。」

嗯嗯，在桶子裡裝滿雪……

大概是因為經常要和客人或小孩說明，她的語氣特別有禮貌，害我覺得怪怪的。

「桶子裡裝滿雪後，拔出中間的罐子。然後呢？中央空出一個洞對吧。」

三雲小姐拔出罐子，桶子裡的雪便開出一個漂亮的洞。

「把桶子翻過來，倒出裡面的雪。」

她按照自己的說明動作。圓筒形的雪在重力的吸引下從倒過來的桶子中滑落，我和鞘音「喔喔——」紛紛驚呼。

三雲小姐拿出口袋裡的蠟燭，放進雪上的圓筒形空洞。用打火機點燃……

「……好美。」

鞘音垂下眉梢，瞇起眼睛輕聲呢喃。

白雪做成的圓筒透出絕妙的橘光，洞裡的火焰一搖晃，穿透雪的燭光也跟著舞動。儼然是以雪結晶為容器的天然燈籠。簡單卻美麗，顏色溫暖卻寒冷。

「往年也有很多帶小孩來的人，所以……我也會像這樣教他們用雪做動物！」

三雲小姐熟練地用雙手為從附近收集來的雪塑形，拿大概是要用在活動當天的葉子和樹果裝飾表面。

雪結晶做成的小雞和雪兔就這麼誕生了。從雪燈裡透出的光芒讓雪動物閃閃發光，宛如成了寶石飾品。

像聚在營火旁的森林裡的動物。只是小孩子都會做的簡單小物，卻連大人都移不開視線，一下就被迷住。

「看，火的熱度會把雪慢慢融掉，圓筒變薄了，對吧？這樣照到外面的光的顏色就會變深！」

真的耶。內部的雪逐漸開始融化，搖曳的燭光變深了，不曉得是不是錯覺。

「唉～『我本來不是想跟學弟妹一起做』的說。」

三雲小姐淘氣地感嘆。

她之所以把蠟燭跟打火機帶在身上，是為了邀請我們之外的「某人」。

戀人無時無刻都想注視的溫暖色彩。我深深體會到這個祭典選在聖誕節舉辦的理由。

家人、戀人，或是單戀對象。在夜晚的雪原點亮跟心愛之人一起做的雪燈，神祕的光就會指出一條道路，彷彿在邀請你前往幻想世界的入口。

「……教我做法的就是正清學長。」

不知道是被獨特的氛圍影響，還是因為一口氣喝光的酒讓她喝醉了。

「若你們發誓明天就會忘，我能講一下我『隱約記得的童話故事』。只有我知道的——三個留戀。」

曾經是辣妹的學姊嚴肅地對兩位認真的學弟妹開口。

訴說隨處可見，比在眼前搖晃的雪燈火焰更虛幻，與在場的某人的初戀有關的「童話故事」。

「以前，旅名川這個地方有位『雪人』。」

她平靜地開口，張開雙手收集雪，捏了兩個雪飯糰疊在一起，將其取名為雪人。

她讓雪人坐在雪兔和小雞中間。

在頭部放上從被削掉一塊的雪地裡露出的枯葉，仔細打扮成「與某人相似的不良少年風短髮」。

「雪人從小就喜歡『某家旅館』的澡堂，跟住在那裡的『小雞』感情很好。雪人把年紀比自己小的小雞當成妹妹一樣疼愛，小雞也把雪人當成親哥哥崇拜。」

不知為何，是以現代為背景的童話故事。

我和鞘音都沒有亂插嘴，嘴唇抿成一線，專心傾聽。

「無自覺的初戀，在小雞心中萌芽。」

三雲小姐用樹枝在雪上畫箭頭。

箭頭從小雞指向雪人。

「調皮的雪人，腦中只想著跟朋友一起玩。小學男生的思考模式就是那樣吧。」

小學男生是討厭被朋友笑的生物。而且也不是會想要真正的戀人的年紀，身為同性我很清楚。

「小雞決定以妹妹，以眾多朋友中的一人的身分待在他身邊。這樣雪人不會害羞，每天都在一起玩，也不會被同學笑。如果是妹妹，如果是像朋友一樣的學妹，是不是就能一直在一起……不當情侶也沒關係。小雞是這樣想的。」

小雞選擇暫時維持現狀。

當時他們還只是小學生，不夠成熟，不過總有一天雙方都會意識到……或許她無意間夢想著兩人在一起的未來。

「每天都在嬉戲的小學生活，因為年長一歲的雪人畢業產生短暫的空白。當時的小孩沒有手機，他的男性朋友又多，因此兩人見面的機會顯著地減少。」

雪人無從得知小雞的心意。察覺不了。
因為他只把小雞當成其中一個朋友，當成妹妹看待。
他之所以會這樣是小雞自己的責任，是她的失策，是自作自受。

「好寂寞。小雞……好寂寞。她希望至少一年一次，跟他留下美好的回憶。」

三雲小姐的視線前方——
是因為圓筒慢慢融化，亮度持續增加的雪燈。

「小雞鼓起勇氣邀請他。成功獨占初戀對象的聖誕節。」

那是十五年前的聖誕節。
為什麼呢？明明是童話，明明是虛構的故事，卻能輕易想像出那個畫面。

「小學六年級和國中一年級……其他人果然只把他們當成一對兄妹，而不是情侶。雪人也一副『很久沒跟妹妹一起來玩』的態度……小雞則盡情享受了與戀人共度的感覺。」

三雲小姐喃喃說道，用力沿著箭頭描繪。

「小雞自以為是雪人的女朋友⋯⋯⋯享受了那段時光。」

沿著剛才從小雞指向雪人的箭頭，持續不停地描繪。以免它消失。將其深深地刻在雪地上。

「雪人教了無知的小雞雪燈的做法。在聖誕節當晚，跟初戀一起看著雪結晶發光的時間⋯⋯她大概永遠不會忘記。」

講述童話故事的三雲小姐臉上失去微笑。

「明年也要一起做雪燈喔⋯⋯她因為太害羞、太緊張，最後還是沒有把這麼微不足道的口頭約定說出來。那是她最初的後悔。」

兩人過著幸福快樂的生活，可喜可賀、可喜可賀。結局並沒有這麼美好。

她眼底的憂愁透露出這個事實。

「升上國中後，小雞取回了跟雪人的校園生活。重新迎接熱鬧愉快的日常……她原本是這樣想的。」

三雲小姐手中的樹枝插進雪人旁邊，畫了個深深的箭頭。

箭頭前端——指著雪兔。

「和雪人同年級的雪兔在國中也是高嶺之花。尤其是男生，一堆人喜歡她，雪人也……是對她有好感的其中一人。」

拿著樹枝的三雲小姐……右手像受寒了一樣瑟瑟發抖。

畫出來的箭頭歪七扭八，她先用雪把它蓋掉後，重畫一個箭頭……以小雞為起點的單箭頭。

「小雞是妹妹般的存在……所以他毫不猶豫地來找她商量。說她是雪人的初戀……說他喜歡雪兔……」

將情緒投入其中，吐出脆弱話語的三雲小姐，說不定忘記這只是「童話故事」了。明明是說故事的口吻，有時卻會不小心用原本的語氣說話。我和鞘音沒那麼笨，忍不住把身邊的人重疊在虛構的角色身上。

我們默默屏息，為了掩飾心如刀割的悶痛，望向閃耀純潔光輝的燈籠。

我、鞘音、三雲小姐……都假裝自己看得出神了。

「小雞故作平靜，自以為是地給他建議。在雪兔的『音樂教室上課的小孩』常來我家，要不要先跟他們打好關係？之類的……」

那個小孩到底是誰呢？

答案顯而易見，兩位學弟妹卻說不出話。

那個狡猾的主意是小雞建議的。成了幾乎沒接觸點的雪人和雪兔迅速拉近距離的契機。

這是第二個後悔。

如果沒有多給他建議，如果當初說服他放棄……

「說不定她心裡還打著這樣的如意算盤。認定不良少年雪人，不可能和清純的雪兔交往……只要小雞在他被甩的時候安慰他——」

逮到對方傷心難過的時候乘隙而入，說不定自己也會有機會。然而，未來並沒有如她所料。靜靜於雪上畫出來的箭頭指向彼此，將雪兔和雪人緊緊連繫在一起。

單箭頭變成只有從小雞身上延伸出的那一個。

「不過！『那傢伙』很有男人味，又帥，對每個人都很溫柔！高嶺之花雪兔……自然也會迷上他……」

在內心盤踞的複雜情緒即將爆發，三雲小姐回頭望向背後，做了個深呼吸，放鬆僵硬的肩膀。大概是「悠哉的某人」唱著難聽ＲＡＰ剷雪的愚蠢聲音給了她露出微笑的餘裕吧。

「結果，小雞和雪人就只有一起做過那次雪燈。隔年的雪燈祭……已經沒有小雞的容身之處。那兩個人一起做雪燈的畫面太適合，太美麗……她似乎連嫉妒的心情都沒有了。」

三雲小姐撿起雪製的小雞，稍微放到雪人和雪兔後面。不遠也不近。表示現狀的三角形位置關係。

原本在自己身邊的初戀如今在不同人身邊歡笑。靦腆地紅著臉，教其他人雪燈的做法。

「……知道他們兩情相悅後，小雞哭得很慘。從遠方看著兩人，又哭了出來。回到家縮在棉被裡……繼續哭泣。」

這個童話故事裡面沒有壞人。

僅僅是三人之中的兩個人在一起——剩下一人成了旁觀者。

正因如此，才會有種無法言喻的美感，比劇痛更令人難受。

「我喜歡……卻又討厭冬天。因為會害我想起想遺忘的感情。」

也沒人能讓她發洩積蓄心中的不滿，每當聖誕節來臨都會不斷地後悔，任留戀融進銀雪之中。無法逃離一刀又一刀凌遲自己的心情。

「喝了酒害我不小心說太多了。差不多該回去工作嘍！」

或許是寒意讓她酒醒了，三雲小姐像要逃走似的站起身，不過……

「妳還沒說最重要的部分……！」

「……對喔。我……不對，小雞在故鄉當配角工作的理由……是嗎？」

我激動地跟著站起來，叫住轉過身的她。

「因為小雞是個又俗又不肯放棄的可悲女人。懷著跟準備校慶一樣的心情策劃活動，結束後跟傻瓜一樣大肆慶祝，想在最近的地方看到最喜歡故鄉的學長的笑容。想一直維持學生時代的心情……」

她率直的目光，跟國中女生一樣純潔無垢。

「比起學歷這種東西……她更想要『度過青春的藉口』。再一次就好，她想跟他一起做雪燈。每年都不好意思約人家……卻又覺得一個人在那邊緊張很愉快……真的是性格很扭曲的女人……」

雪人都結婚九年了，「沉默的單戀」仍在持續。

不惜拋下學歷，追求自我中心的初戀。

讓他穿上跟自己一樣的旅中運動服，為故鄉奔走，像孩子似的嬉戲。

即使這則童話故事不存在幸福快樂的結局。

若學生時期的日常能持續，若是喜歡的人願意對自己展露笑容，這樣就夠了——

「因為小雞只是自己一個人在『維持初戀』而已！」

她回頭露出美麗的笑容。

啊啊，這個人的初戀專情又純情，是個性格扭曲的方式很棒的女性。

「也許是時候該乾脆地被甩掉，為它劃下句點了。小雞覺得自己沒告白，所以不算輸……抱持著『或許還有希望』的誤會。每年都在遠遠看著那個家庭做雪燈的自己真的很可悲……很痛苦。」

「三雲小姐……」

「想在跟他告白被甩之前，兩個人穿著制服約會，最後一起做雪燈。那就是小雞的願望。明天會是我的初戀……終於要結束的一天。」

與此相應的舞臺就是今年的雪燈祭。

為了在這個嘗到初戀滋味，悄悄結束的地方……驅散留戀和羨慕之情。

「都市傳說什麼的……真的有夠愚蠢。會被那種傳聞騙得團團轉的人……長大了還在相信的傻女人……根本不存在吧。身邊有這種人的話，很好笑對吧……」

「我……不會笑她。」

「那種東西……全是騙人的。絕對不可能……讓單戀變成兩情相悅。」

連樹木都能吹動的風輕易地吹熄雪燈裡的火。三雲小姐留下悲傷的背影及充滿留戀的話語，一步步走向前。

失去火焰色彩的雪人和動物們站在昏暗的白雪原上，默默目送過於扭曲的女人離去。

只能在外圍看著懷上小小生命，成為三人家庭的幸福世界的未來。

我曾經希望冬天永遠不要結束。

然而，這對小雞來說——是永遠不會開花結果的初戀的季節。

*****

前一天的準備和排練結束後，聚集而來的人們直接原地解散。喝了酒的三雲小姐由鞘音開車送她回三雲旅館。

時間已到了晚上十一點。旅名川墜入深沉的夢境中，輕型汽車的輪胎開過雪道的模糊聲音顯得比平常更嘹亮。

鞘音把車停在旅館的停車場，讓三雲小姐下車——本來應該要這樣的。

「啊——謝謝，謝謝！人人必備的不是學長而是學弟妹呢喵——！」

「唔哇，好重的酒味……三雲小姐，妳家到了喔——！」

她還從後座趴到坐在副駕駛座的我身上。呼出來的氣酒味超重，不只是那罐高球害的。

我們的工作晚上九點左右就告一段落，臣哥和三雲小姐卻提議舉辦「準備工作慰勞會」這個神祕的戶外酒會。於一望無際的滑雪場圍著營火，喝酒和不含或少量酒精的飲品……與故鄉的朋友一同度過的聖誕夜是我這幾年來玩得最瘋的一次，深深體會到自己取回了青春。

「不過，我也喜歡學長——！他真的好帥，最喜歡他了——！啾啾——！」

「……不行。那個人是修，三雲小姐不准親他。」

「酒品有夠差……鞘音，快把這個人丟下車扔進旅館。」

喝得爛醉的三雲小姐，酒品竟然比臣哥還差。

「ＳＡＹＡＮＥ妹妹的嘴唇……看起來好好吃。我可以嘗嘗看嗎……？」

「……絕對不行！我的嘴唇又不好吃！」

鞘音遭到接吻魔的襲擊，擺出防禦姿勢拚命抵抗。

我和鞘音從兩側撐住像小鳥一樣噘著嘴巴，想啄鞘音的三雲小姐，半強制性地將她送下車。繼接吻魔之後，接下來輪到睡魔。眼角下垂，一臉想睡的當事人整個放鬆下來，將全身的體重壓在我們身上。

旅名川的人很相信當地人，不太會鎖門。旅館正門當然不可能不鎖，但後門是開著的，我們便從後門進去，本想直接把三雲小姐放在那邊——

「帶我回房間～被丟在這裡我會凍死啦！」

「等……！請放過我吧……！」

她卻像幼稚園小孩一樣在鬧脾氣。話講不清楚，讓人頭痛的大人往我身上抱過來。

生氣的鞘音拉開爛醉如泥的三雲小姐。

「SAYANE妹妹也行——！一起洗澡吧——！」

「……不、不可以……！修，想點辦法……！」

現在是冬天。在門口從深夜睡到早上，隔天變成一具屍體都不奇怪。迫於無奈，我只好揹起三雲小姐。

雖然有點怕對身體撐不住，反正距離沒多遠，三雲小姐又瘦，負擔不大，可以當成簡單的運動。

更重要的是，能實際感受到復健的成果，我滿開心的。

「我的房間啊～直直往前走～爬那邊的樓梯上樓～」

我感覺到緊貼在背上的三雲小姐的觸感及體溫。聽從不停在耳邊呼氣的指示，將她揹到用紙門隔出來的和室。像在對待易碎物品般輕輕把她放在鋪在榻榻米上的棉被上頭。

「……我想換衣服～吶，我想換衣服～」

「請便。我們要走了。」

「我不想動～幫我拿衣服過來～放在衣櫥裡的紅色高中運動服～」

三雲小姐不停甩動雙手……我女兒長得還真大隻。如果艾蜜姊是會寵人的大姊姊，三雲小姐就像會跟人撒嬌的妹妹。雖然她比我大七歲。

鞘音打開衣櫥，找到收在裡面的運動服，遞給過度撒嬌的三雲小姐。以紅色為底的運動服繡著跟臣哥和艾蜜姊一樣的高中名字。

「咦？春咲高中的運動服不是每個年級顏色不一樣嗎？為什麼三雲小姐的運動服跟高一個年級的臣哥他們顏色相同？」

我產生小小的疑惑。衣櫥裡放著紅色和深藍色的運動服，三雲學姊的年級照理說是深藍色的。

「嘿嘿嘿～♪正清學長高中畢業的時候～我跟他拿的～有學長的味道～」

三雲小姐笑得嘴巴都合不攏了，用帶著醉意的語氣輕快地說道。

「幫我換衣服～欸欸，幫我換衣服嘛～我一個人換不了～」

「咦，我嗎？傷腦筋……」

「……怎麼可能啊。我來幫她換，你頭轉過去。」

被冷冷責備的寂寞男人決定來探索二十七歲單身女性的房間。

鞘音從半開的衣櫃中拿出旅中的制服和運動服。用塑膠袋套著，疑似送洗過了，掛在衣架上。高中制服和開襟毛衣等衣服也收在裡面。把頭塞進去可能會聞到新鮮的女性氣味。

「……頭可以轉回來了。不要一直盯著女生的房間看。」

在鞘音的警告下，我只好中斷進行到一半的探索時間。

房間的主人換好高中運動服，仰躺著睜開眼睛又閉上。幫她蓋好棉被後，三雲小姐便乖乖墜入朦朧的睡夢中。

我隨便看了幾眼，感想是和艾蜜姊的房間相反。

有種遊樂場的感覺，比起女生更像男生的房間，棒球手套、籃球、遊樂器等玩具隨便擱置在地上。

「……正清學長以前常來玩。學長會高興……所以我把房間布置成男生的房間……到現在還是這種感覺。」

三雲小姐似乎沒睡著，恍惚地凝視天花板咕噥道。

在凝聚不捨及留戀的房間生活的三雲小姐，腦內說不定仍縈繞著想回到過去的願望。

頻頻回想起臣哥意識到戀慕之情前的模樣，沉浸在模糊的面容中。

「明天，我會用我們的演唱會讓妳回歸青春。總之先忘記一切，和臣哥一起享受吧。」

「……嘿嘿嘿，我好高興。溫柔的學弟是不可或缺的呢。」

三雲小姐笑著抬起臉，用棉被裹住身體。由於時間將近凌晨十二點，我們準備離開的瞬間——

「希望聖誕節那天是大晴天！晚安！」

鼓成人形的棉被中傳來她的聲音。

晚安——我們留下這句話，關掉房間的電燈。

從旅館後門踏出屋外的瞬間……白色結晶一落在肌膚上就消失了。沒發現才奇怪。比起剛到三雲旅館那時，從夜空飄落的顆粒狀的雪密度增加，遮蔽了視野和景色。鞘音開過來的輕型汽車也染上純白，地面的積雪厚到蓋過腳踝。以白色聖誕來說，或許稱得上過度服務了。

於旅名川長大的當地人不會稱讚聖誕節的雪。因為早就看膩了，再加上除雪和路面狀況惡化等缺點太過突出。

我們小跑步逃進輕型汽車，拍掉衣服上的雪鬆了口氣。這時，鞘音忽然開始滑手機，把螢幕秀給我看。

「……看來會是個白色聖誕，雖然我早就預料到了。」

顯示於螢幕上的是明天的氣象預報。二十五日那天標記著大雪的圖示，降雪量會從聖誕夜深夜……也就是現在開始持續增加。

白色牆壁附著在副駕駛座的窗戶上，化為遮蔽夜空的純白簾幕。

「唉，神真的很愛惡作劇。總是營造出自我滿足的氣氛，完全沒考慮到人類的感受。」

渺小的人類違抗不了大自然強大的力量。面對再不合理的待遇，都無法開創未來。

所以，明知道這個行為跟自己的想法矛盾，我依然向神祈禱，因為沒有抵抗的手段。

希望是我杞人憂天。

儘管只是鄉下地方的小型活動，但在旅名川可是一年一度的聖誕夜祭典。

許多人幫忙準備，也有許多人在期待。有人被人手不足和預算不足搞得焦頭爛額，還是一步步做好了準備。

有人為了讓特定人物開心，四處奔波，以炒熱故鄉的氣氛。

有人回想起失戀未滿的苦澀，試圖取回僅此一天的「初戀」。

我從覆蓋住車窗的白雪的縫隙，看見那個人的身影。

旅館二樓。理應早該入睡的那個人，站在房間的窗邊，看著被冰雪侵蝕的夜空思念所愛之人。

希望明天能放晴。

她帶著渴望的眼神輕啟雙唇，彷彿在對悶悶不樂的天空懇求。

隔天早上——旅名川的風景被抹成一片雪白，所有交通設施都停止運作。過於盛大的白色聖誕將無力的人類關在住處。

日常生活會經過的主要道路也整個被掩埋，連人行道和馬路的分界線都看不出來。車流量較少的小路被放棄，甚至沒有除雪車經過。

氣象預報說等到晚一點，快要換日的時候，愛跟人作對的冬空也會停止哭泣。不過，星期日的聖誕節在開始之前，就無情地宣告結束。

三雲小姐的希望遭到無視，連一年一次的機會都當不了主角。

連僅此一個的雪燈都點不燃。被停不下來的白雪流星雨壓垮，被彷彿用汙泥畫成的厚重雲層遮蔽，連願望的邊角都傳達不了。

早上七點半。

雪燈祭正式宣布停辦。

第五章　學弟和小學妹

電視聲在家裡的客廳流洩。

明明是聖誕節，我還在這邊看週六早上播的動畫，劇情卻完全看不進去。

我忽然想到。最近我常因為工作、活動、去醫院等原因外出，每天都很忙，所以每週追最新進度這個觀念消失了。若有人問現在的我推薦這一季的哪部動畫，我大概只能苦笑了。

在我想著「如果有錄起來就好了」時，看見令人心情萎靡的天氣資訊。旁邊的跑馬燈一直在更新降雪情報和交通設施的運作狀況，一眼就看得出不可能出去玩。

雖然能在房間作曲，今天我就乖乖休息，當作恢復疲勞吧。

好久沒懶在家了。我把下半身塞進暖桌底下，剝掉橘子皮，掰了一片橘子送入口中。

「兒子啊，我也要吃橘子。」

母子倆在充滿暖爐熱度的客廳裡放鬆。

媽媽躺在地毯上，肩膀以下的部位都進到暖桌裡，一邊討吃一邊張開嘴巴。沒辦法，我只好餵她一片橘子。

什麼事都不做導致我閒得發慌，一不注意，坐在坐墊上的屁股就要站起來了。或許是住院生活的影響，我養成早睡早起的規律生活習慣，過去早上睡覺、傍晚起床的怠惰尼特不知道跑哪兒去了。

我依然心繫於你

I'm still thinking about you.

大約三十分鐘前，我接到三雲小姐的電話。

考慮到大雪的影響，雪燈祭決定停辦——

擋不住下雪、暴風的旅名川本土線自然不用說，春咲市周邊的大眾運輸工具也無法判斷何時會恢復行駛。好不容易把雪除掉的國道也因為雪塊凍結的關係，被車痕刮得亂七八糟。對駕駛而言是最惡劣的路面狀況。

主辦方也透過網路宣布活動停辦，住客一個接一個取消訂房。遠方的粉絲及觀光客聚集而來的可能性等同於零。

三雲小姐現在在做什麼呢？

昨晚讓人留下深刻印象的模樣鮮明地閃過腦海。向冬天的天空祈禱的憂傷神情占據我的思緒，導致我沒心思記住基於習慣才在看的動畫內容。

我想做些什麼。沒有我幫得上的忙嗎？

換成是我，如果有臣哥這個情敵，會默默退讓嗎？

我茫然思考著，放在暖桌上的手機震動了起來。

【桐山鞘音傳送了貼圖】

是通訊軟體的罐頭文，我伸出手指點下。

旅貓在跑步。用四隻腳在訊息欄奔跑。

安心安定的……旅貓衝刺。

鞘音最近迷上這個神祕的貼圖，為什麼會在這個時機傳來？我毫無頭緒，但我知道以現在的天氣來說，不可能使出旅貓衝刺。

大概是傳錯了。當我完全鬆懈下來，把手機放到桌上的瞬間！

大門豪邁打開的衝擊化為地鳴傳遍我家。

「……晚啊。」

我急忙趕到玄關，彷彿用白雪上了妝的鞘音站在那裡。頭頂積著雪，外套肩膀處也沾到一些。

棕色羊皮雪靴被雪色覆蓋，變成了另一種顏色。

「喂喂……妳真的用貓咪衝刺跑來了？」

「……怎麼可能。正常跑過來而已。」

我反射性撥掉鞘音身上的雪。

本來是一片雪原的庭院開出一條由人踩出來的新雪海溝。白雪裂縫延伸到松本家，一眼就看得出是直線衝過來的。換句話說，就是降雪量多到人類走的路會產生深溝。

然而，鞘音堅定的眼神中看不見一絲不安、害怕之類的負面情緒。

「……這種程度的雪，只要我努力，貓咪衝刺也辦得到。我不能接受雪燈祭停辦。」

「我也覺得很遺憾，可是這不是三雲小姐能自己決定照常舉辦的狀況。縣內的交通都癱瘓了，道路狀況也不適合從遠方開車過來。不僅不會有客人，還有發生交通事故的危險……

如果我是負責人，應該也會停辦。」

再補充一句，通往滑雪場的那條路也沉入細雪之海了。或許是因為那不是生活所需的道路，除雪的優先順序被排到最後面。

鞘音是站在表演者的角度，我則是站在主辦方的角度。兩者或許無法相容，但那是在被「雪燈祭這個固有概念束縛住」的前提下。

「……我們以前根本不怕雪。一下雪就會樂得在滑雪場跑來跑去。不是嗎？」

「妳該不會——」

「……嗯。我想唱歌。我迫切地希望，所以——」

鞘音靜靜吸了口氣，將手放到胸前。

將懷在心中想要前進的意志強烈且明確地表達出來。

「……多少人都阻止不了桐山鞘音和松本修。就算是神明也一樣。」

白色吐息上寫著對不懂察言觀色的天氣所下的挑戰書。

沒錯。只要我們在一起，什麼事都做得到。

「那我們就自己辦吧。正因為是聖誕節，來舉辦只屬於當地人的『冬日祭』吧。」

雪原沒擠滿觀眾也沒關係。

觀眾席像被蟲啃過一樣，到處都是空洞又如何？

有可以拿來唱歌的舞臺，有想唱歌的信念。有為了今天準備舞臺，盼望這一刻的學妹。

我們會隨心所欲大鬧一場，你們自己也隨心過來吧。不管是開口閉口只會喊痛的老人，還是疲於工作的中年人，都由我們帶領你回到青春時代。

一下定決心，我立刻拿出手機傳訊。第一個找的當然是那個前不良少年。

「臣哥，可以幫個忙嗎？」

『——哦，怎麼了怎麼了？你是不是在打什麼有趣的主意唄！』

幼稚的大人一湊在一起，沉睡於心中的童心就會興奮起來。我向明顯很有興趣的臣哥說明事情緣由。他乾脆地答應幫忙。

『——我也去跟艾蜜莉和莉潔說一聲。我會把我的阿臣人脈網善用到極致，你們就好好期待吧！』

「不愧是臣哥！真的太感謝了！」

先不吐嘈阿臣人脈網這個命名品味，深受當地人喜愛的臣哥的人脈十分令人心安，實在太可靠了。不需要哪裡來的大人物或社長之類的有權人士。我要的是單純提供勞力的人手。光是願意幫忙「在旅名川的冬天再自然不過的工作」，我就很感激了。

不過，不能全靠臣哥，我也要採取各種行動。因為我想成為能帶頭去做某件事的人。託大家的福，我變了，被故鄉這個地方拯救，有所成長。即使在體力活方面我幫不上忙，有小聰明的腦袋還是能靈活運作。現在正是我用行動報恩之時。

我打電話給關鍵人物三雲小姐，卻轉到語音信箱。打了好幾通電話她都沒接。大部分的地區都能用走的走到，是旅名川少數的優點。這樣的話，直接跟她說還比較快。

「我還想通知三雲小姐，可以麻煩妳跑一趟三雲旅館嗎？」

「……嗯，知道了。」

「用貓咪衝刺的話，應該很快就能到。」

「……我再也不用那個貼圖了。誰教你會笑我。」

我安慰了不太高興的鞘音幾句，對她使眼色傳遞訊息。鞘音再度於雪海中開出一條路，往三雲旅館前進。

「不能輸給鞘音！我也要用貓咪衝刺殺過去！」

情緒異常高漲的我迅速換上防寒裝備。

明明用電話也能講，我卻衝到暗灰色的室外……被重量級的雪絆到，跌了一大跤！

好、好冰……好蠢……雪上出現一個松本修形狀的坑洞。

然而，我並不討厭少年時期也嘗過的全身是雪的滋味。

沒想到兩個月前還閉門不出的邊緣人的垃圾男，會有在大雪最前線狂奔，像小孩子一樣跌倒，莫名感到喜悅的一天。

「喂，低能兒子！在這種天氣跑出去，你腦袋有病喔！」

「放心啦！聖誕節的我是無敵的！」

「啥？受不了，怎麼把你養成這種小孩了！」

我和鞘音的對話似乎被她聽得一清二楚，媽媽臉色大變，衝到門口，我已經投身於大雪中，準備從庭院出發。毫不猶豫地不停划動大腿以下都被雪埋住的雙腿。

等等再聽妳說教，別阻止笨蛋幹蠢事。

我想做只有現在能做的事。想全力燃燒生命，度過不後悔的每一天。

因為這個笨蛋明年說不定已經不在了。

「你是白痴嗎～？」

明明是語尾拉長的放鬆語氣，我卻深深感覺到他在為我的行為感到傻眼。一半的身體被雪侵蝕的男人喘著氣跑來找自己，不能怪他有這種反應。

極其平凡的兩層樓木造民宅是杉浦學務主任的家。跟雪男一樣的人拉開大門的瞬間，待在客廳的學務主任差點把嘴裡的綠茶噴出來。

我的嘴唇八成凍得發青了，不過由於我穿著毛線帽、手套、羽絨衣等防寒裝備，冷空氣的影響比想像中還輕微。

「媽媽也唸了我一頓，說我是低能兒子。」

「我想也是～她國中時期也很皮，現在我確定兒子完美遺傳到她了～」

「呃，我覺得我比我媽還接近正常人耶！她到現在還幼稚到會從屋頂上使出全力扔雪球！」

比起稱讚，學務主任的語氣更像摻雜諷刺的感嘆。我知道他住在走路十分鐘以內就能到的地方，所以除了要跟積雪奮鬥門外，不費吹灰之力就見到他了。

「有件事想請您幫忙——」

天氣這麼差，不可能是來閒聊的。我簡單傳達用意，學務主任想都沒想就點頭答應。

「哈哈哈，竟然要擅自舉辦冬日祭……真搖滾～」

本來以為以老師這個正經的身分來說，他會唸我幾句，學務主任卻笑得很開心。

「我去跟旅中的學生說好了～演唱會門票一秒賣光的歌姬要專門為當地人舉辦特別演唱會，學生們一定也很樂意幫忙。」

「……謝謝您！麻煩您了！」

我深深低頭道謝。

「有個好消息跟你說喔～雖然速度不快，不覺得雪開始變小了嗎？」

「嗯……的確，跟昨天深夜比起來，視野變好了呢。」

我試著回想抵達這裡的過程。不曉得是不是錯覺，雪的顆粒變小了，看得見遠方下著大雪的深灰色天空。

「氣象預報說現在開始天氣會愈來愈好～你們的冬日祭說不定辦得成～」

「好像是。不過晚上似乎很有可能又開始下雪……要加快腳步了。所以我想快點找到人手幫忙。」

「雪燈祭停辦我也覺得很遺憾，為了冬日祭，我這個老人就加把勁吧～我也是你們的老粉絲～所以你願意來找我幫忙，我很高興喔～」

學務主任懶洋洋的聲音透出一絲喜悅。

當地人的寬容大度也讓我心裡暖暖的，卻有人一把從背後抓住我羽絨衣兜帽。

「喂，低能，白痴，笨蛋。你在杉浦家搞什麼鬼？」

嗚哇……被一個講話超粗俗的鬼抓住了。媽媽眉頭緊蹙，特地追著我過來。

「你像個被鬼抓住的壞小孩呢～」

「對啊……平常明明是她比較幼稚，生氣的時候就會變鬼媽媽。我還比較有常識。」

我和學務主任輕浮地笑著——

「我看你們倆很想一起被埋進雪裡喔。」

「對不起。」「對不起。」

然後立刻道歉。

鬼媽媽魄力十足的威嚇嚇得我們紛紛閉嘴，真沒用。

「……我來幫忙。」

「……咦？」

不坦率的媽媽拚命擠出這句話。

我反射性用拔尖的聲音回問。

「我說我也要幫忙啦！讓你們可以舉辦那個叫冬日祭的東西。」

媽媽臉頰泛紅，似乎不只是因為冷。她害羞地別開目光，表示願意出一份力。

「身為媽媽的兒子，我好幸福。不曉得誰叫妳鬼媽媽的……」

「屁股翹高。看我重新教育你一次。」

咿欸欸欸欸欸……她生氣的表情果然很恐怖。

「我和杉浦去鎮上繞一圈，願意幫忙的人也會變多吧。雖然我沒正清那麼有親和力，好歹在鎮上的瓦斯店工作，大部分的人都認識。」

「媽……」

「本來祭典這種東西就是要由當地人創造的。可不能輸給大都市的華麗聖誕節。」

向她的貼心致上深深的謝意。我有自信我媽是不輸給任何人的最棒的媽媽。如果她的言行舉止和服裝再有氣質一點就無可挑剔了。

「好！我們上！」

露出調皮笑容的媽媽舉起雙臂，左右拳碰在一起。我們三個以掌指關節響亮的敲擊聲為號令，分頭去做自己該做的事。學務主任拿起電話，媽媽去桐山家，我則前往「某處」。

大人們眼中寄宿著學生時期青春洋溢的熱情。

已經可以說是豁出去了。明明是聖誕節，卻無法滿足於只是待在家裡吃蛋糕。因為是聖誕節，想舉辦特殊的活動。

儘管他們都上了年紀，就這麼一天，像個天真無邪的小鬼一樣大吼大叫，不計形象地玩鬧，也不會遭天譴吧。

就算因此惹怒神明，明顯遭到妨礙……

看我把責任都推到聖誕節上面，跟命運那東西下戰帖。

我抵達通往滑雪場的直線道路入口時，援軍陸續集合。

「嗨，我們準備好開戰了。隨時可以動身唄。」

臣哥現在是真正意義上的高人一等。他張開雙腿騎在著名的農家最強機器——拖拉機上。不是平常的農活版本，而是裝了除雪用配件和鏟雪斗，只能以無敵一詞形容。

戰力當然不只一臺。

「喔，阿修！我也不會輸給兒子喔！」

臣哥爸爸開著比兒子新的拖拉機，緊急參戰。

擁有一大片田地及水田的豐臣家，是旅名川數一數二的農業大國。包含拖拉機在內的農業兵器的持有數也遠遠超過一般農家。

「還不只這樣呢，別小看阿臣人脈網。附近的農家大部分都是我朋友。」

身經百戰的駕駛們一個個開著速度緩慢的拖拉機到達。

全世界的人給我睜大眼睛看好！這就是阿臣人脈網！

陣容比想像中還豪華，導致我嘴角一直維持在上揚狀態。畢竟這可是旅名川引以為傲的農家全明星大集合。我控制不住乾笑。

旅名川這地方真的很有趣。

面對積著厚厚一層雪，彷彿在拒絕他人侵入的直線道路，農家全明星們紛紛露出詭異微笑。他們是被選來掃蕩這些雪的菁英。

每年，他們都在鏟雪這個戰場中存活下來。身經百戰的戰士的銳利目光害我發自內心感到畏懼，忍不住往後退。

「無路可走就開一條路出來！跟著我豐臣家的長男上！」

臣哥放聲咆哮。意外自戀的臣哥擺出無意義的帥氣表情想負責帶頭，卻被他爸的拖拉機擋住。

「你在跩啥啊！隊長當然是我這個排球社王牌唄！」

「老爸，你這樣很危險啊！哩賣底佳訂得（你別在這礙事）！擋路耶！」

腔調超重的父子爆發吵架，你們可以不要用拖拉機逼車分輸贏嗎？

「是說，雛沒來唄！沒聽見那傢伙的指示，感覺怪怪的。」

「我聯絡不上三雲小姐……不如說，她應該關在家裡。鞘音去三雲旅館了，不過還沒回來。」

「考慮到那傢伙幼稚的個性，大概是因為活動停辦在鬧脾氣唄。把這些工作處理完後，我直接去找她談。」

臣哥的笑容隱隱透出我熟悉的孩子王味道。

「為了那傢伙，我會拿出全力。如果她遇到困難，我隨時都願意幫忙。」

真諷刺。三雲小姐的後悔，是為臣哥的初戀出了一份力。臣哥本人卻覺得她對自己有恩，想還她人情。明明他再也無法回應三雲小姐的心意。

「臣哥，這邊可以交給你處理嗎？我還有工作要做。」

「行啊，交給我這個除雪專家吧。不過，我會期待你們『獨特的回禮』喔！」

嗯，敬請期待。雖然剷雪我幫不上忙，不過我會在你們開闢的道路的頂端，描繪出僅限一夜的夢。只有聖誕節會出現的「冬日幻想」。

這是對故鄉的報恩。

也是想讓連告白的機會都沒有的旁觀者回到初戀的季節，回歸單戀的少女的小小自我滿足。

＊＊＊＊＊

由於鞘音遲遲沒有回來，我便來到三雲旅館。我傳的訊息她沒看，打電話也只聽得見不斷的嘟嘟聲。

該不會……遇難了？在走路就能到的距離？雖說視野不良，總不會在自己長大的地方附近迷路吧。就算鞘音是個隱性天然呆也不可能。

為求保險起見，我來到三雲旅館確認情況，在門口和擔任社長的老爺爺——簡單地說，是三雲小姐的爺爺——面對面，詢問鞘音在哪裡。

「桐山家的鞘音嗎？她剛才來找我家的雛子。」

他悠哉地回答，我鬆了口氣。

社長讓我進到屋內，帶我到三雲小姐的房間。她們到底在做什麼……我躲在紙門後面，戰戰兢兢地偷看。

「嗚、嗚嗚……嗚啊啊啊啊啊啊啊啊啊啊啊啊啊啊啊啊啊啊啊啊啊啊啊啊啊啊啊！」

震耳欲聾的號哭。如同呻吟的哭聲，怎麼聽都不像出自二十七歲的人口中，從鼓起來的被窩裡傳遍四面八方，不絕於耳。

看這個狀況，像小孩子在鬧脾氣的哭聲只可能是那個人。

「……修，你怎麼來了？」

跪坐在被窩旁邊的鞘音發現了我。

「我看妳一直不回來，也沒回我訊息，所以來看一下。」

「……對不起。可能是三雲小姐的哭聲太吵，我沒聽見通知聲。」

「那個縮在被子裡的神祕物體果然是三雲小姐嗎……」

雖然我早有預料，但是得知真的是三雲小姐，還是不得不苦笑。因為她是比我大七歲的學姊，鬧脾氣的方式卻像家裡蹲的惡化版。

「……嗚嗚……嗚嗚……是松本弟弟嗎……？」

「是的。我來看妳和鞘音怎麼了。」

聽見我的聲音，三雲小姐裹著棉被跟我說話。

「……你坐SAYANE小姐旁邊。」

「咦咦……？我也要嗎？」

「……幹嘛那麼不甘願！你是來聽我抱怨的吧～！」

鞘音似乎一直在當她的垃圾桶，我也被迫奉陪。她連續抱怨了好幾分鐘各種怨言，最後都會丟出這句話。

「啊啊……這可是一年一次的機會耶……我一直在努力準備……怎麼會這樣……」

偶爾她會差點哭出聲。也許是混雜悲觀與死心的情緒化為悲淚，奪眶而出了。對三雲小姐來說，今天是唯一一天能變回戀愛中的少女的日子。失去這個機會的精神衝擊肯定無法測量。

「虧我還想做個了斷……想跟他告白，漂亮地被甩的說……壞心的神明連這都不允許……太過分了……」

她好像快不哭了，然而一提到臣哥，她的一字一句就會帶著哭腔，連呼吸聲都散發出悲傷。

「你們也知道吧。艾蜜莉學姊……人真的很好，對誰都很溫柔又貼心，連覺得不甘心或嫉妒都會顯得很可笑。所以我沒有對象能怨恨……」

這段三角關係的結局，沒有半個壞人。最後留下的是在一起的兩人，以及連爭取資格的舞臺都沒站上的一人。在一起的兩人連被拋下的那個人的心意都沒發現，把她當成親妹妹對待。那就是選擇維持現狀的——代價。

「我又得……度過只能旁觀的一年嗎……？再也不想誤會自己也有機會……一直被初戀綁住了……」

鞘音也神情苦澀，一句話都說不出來，纖細的雙肩顫抖著。

「很多人說初戀不會有結果……可是正清學長和艾蜜莉學姊都得到幸福了呀！你們也是！」

三雲小姐擠出聲音大喊。

「為什麼……只有我……每年都停在同樣的地方……」

聲音愈變愈微弱，逐漸乾枯。

「我不想看見滿是留戀的幼稚房間……不想穿代替第二顆鈕釦收到的運動服……不需要看起來像多出來的那個人過去的照片……」

「三雲小姐……」

「我想交到比那傢伙更棒的男朋友……拋下一切。住在大都市，去還不錯的公司上班，談一場能讓我忘記他的戀愛。否則我會一直惦記著他……每次想到胸口都會揪起來……好痛苦……慢慢變成一個廢人……」

正因為被留戀束縛，三雲小姐才會哀求從臣哥口中聽見初戀結果的那瞬間。她找不到其他方法能逃離現狀。

「如果我永遠都沒辦法前進……一瞬間也好，至少讓我回到過去啊……」

我和默默旁觀的鞘音一樣，講不出自以為是的建議，也講不出甜美如方糖的安慰，但我們也沒完美無缺到能夠乾脆地放棄。

「妳要放棄是可以，可是我們還嫌不夠呢。難得的聖誕節和妳為我們準備的舞臺……只是待在家裡吃蛋糕喝香檳有什麼好玩的。」

「……沒用的啦……今天早上我才看過。通往滑雪場的路都被雪埋住了……」

裹著棉被的毛毛蟲窸窸窣窣地在榻榻米上爬行。

她爬向跪坐的鞘音，把臉埋進她的大腿之間。

「ＳＡＹＡＮＥ小姐的大腿……好溫暖。也好香喔。」

「……妳、妳在做什麼！請不要對我性騷擾……！」

「啊——！再一下就好！再五秒！別忤逆學姊——！」

棉被毛毛蟲巴在試圖逃跑的鞘音的胯下附近。看來她因為把苦水吐出來的關係，心情似乎輕鬆了些。

「……晚上應該會有人來叫妳。妳之前太拚了，在那之前請好好休息。」

「SAYANE小姐……跟冷酷的長相不符，好溫柔……」

「……我之前就覺得妳那樣叫我太見外。我是跟妳同國中的學妹，直接叫我名字比較自然。」

「那妳也可以叫我名字就好。」

躺在地上的三雲小姐拉開棉被，露出水腫的臉。臥蠶周圍微微泛紅，令人心痛，大概是從今天早上就一直在哭。

「那……學弟和小學妹。」

她用袖子擦掉眼角的一行淚水，用「學弟學妹」稱呼我們。

「叫我『雛子學姊』就好。我哭得這麼慘又一直抱怨，竟然還有學弟妹願意推我一把……我好幸福。」

她露出僵硬的微笑讓我們放心。

「雛子學姊要睡一下……沒人叫我我就不會醒來……」

語畢，雛子學姊靜靜吐出一口氣，閉上眼睛。轉眼間就聽見她的鼻息，全身上下一動也不動。墜入深海的睡眠模樣與永眠無異，儼然是和室裡沉睡中的美女。若只是一點小衝擊，她連睫毛都不會晃一下。

期待與不安。昨晚她應該沒什麼睡。

跟要去遠足的小孩一樣，祈禱明天會放晴。

太鑽牛角尖，太過努力，讓人擔憂的國中生妹妹……這位學姊給人這種感覺，不知為何卻沒辦法放著她不管，會忍不住想保護她。

陪在初戀對象身邊的是無可挑剔的女性。兩人生了心愛的女兒，他們在一起的未來……等同於不存在。

她為了永遠不會結束的現狀煩惱著，只想得到將其破壞這條路可走，而我們所能為她做的——

我和鞘音從三雲旅館的正門玄關來到屋外。黑廂型車玷汙了雪下個不停的景色，停在拜融雪劑所賜，沒有結凍的路邊。

現在時間是中午過後。氣溫仍在零度以下，不過雲朵的縫隙間隱約透出陽光。學務主任說的沒錯，雪說不定要開始變小了。

事先跟對方聯絡過的我和鞘音坐上廂型車，金髮司機慎重地開車駛向前方，以免打滑。

「謝謝妳，艾蜜姊。麻煩直接載我們到滑雪場。」

「好~了解♪繫好安全帶喔。」

駕駛臣哥的愛車的人當然是艾蜜姊。

安全帶斜斜繫在把針織毛衣撐起來的豐滿胸部上，凸顯出艾蜜姊無自覺的肉感及性感。

這就是所謂的「艾蜜姊的胸前溝壑」的自然紀念品。絕對要留下影像紀錄。

「終焉即將到來。被白灰侵蝕的世界很快就要陷入沉眠。」

哥德蘿莉風救世主坐在副駕駛座上。雙腿甩來甩去，一副玩不夠的模樣扭動著身軀。她吃著魚板當點心，臉頰都鼓起來了。

經過通往滑雪場的那條路時，包含我在內的大家都莫名感動。兩小時前無法通行的狀態變成平整的路面，雪海清得一乾二淨，連車子都開得過去。儘管滿地都是尺寸不一的細雪，有雪胎應該就不成阻礙。

「正清他們真的好厲害。該說這就是專業嗎？他們給人一種遇到問題就會幫忙解決的安心感。」

「那些人可是旅名川引以為傲的農業全明星，這點小事是應該的。」

「……怎麼是修在得意？」

艾蜜姊感嘆地說道，我得意地挺起胸膛，鞘音則被我弄到傻眼。連莉潔都把臉頰貼在窗戶上，嚇得大叫「怎麼……會這樣？發生什麼事——！」不得不懷疑是不是自己那雙大眼看錯了。

是說真的好厲害。本來以為兩小時的話，把這條路三成的積雪除掉就不錯了……車子繼續往裡面開，卻還是看不見拖拉機集團。身為昭和遺產的小木屋和出租店的遺跡已在等待著我們。

快到了，快到旅名川滑雪場了。

難道……短短兩小時，全明星就把路開通了嗎？

我的「難道」猜中了。內行人靠背影說話。通往滑雪場的路不僅完全暢通，他們甚至開始處理演唱會會場的大量積雪。

「呼……工作時來一根超爽的……」

不過，他們也是普通的人類。包含臣哥爸爸在內的大叔集團在適當的時機休息，陶醉地抽著菸。

我們一下車，不吸菸的臣哥就跑過來……

「等你們很久哩——！該吃午餐唄——！我快餓死了——！」

露出小學男生都比不過的調皮笑容。

純潔無垢的雙眸太過耀眼，害我有時候會忘記他是個已經成家，年近三十的男人。

「先跟你說聲辛苦嘍♪我知道你很餓，不過先去洗手吧。」

「是是是~艾蜜莉真正經呢。」

「是你太不正經。吃壞肚子可就糟了。」

接獲美人老婆命令的白痴老公乾脆地回頭，在雪上小跳步消失在洗手間。完全沒表現出疲態，依然像個小學生，讓人看了神清氣爽。

我們移動到滑雪場老闆好心地暫時為大家開放的休息所。艾蜜姊在桌上打開她帶來的午餐盒。

「這是我幫大家做的。不嫌棄的話，你們多吃點我會很高興♪」

沒錯。我事先跟艾蜜姊商量過，請她幫忙做便當作為午餐。因為我希望消耗大量體力的臣哥他們可以補充一些精力。

炸成金黃色的炸蝦、甜味煎蛋捲、男生最喜歡的炸雞！裝飾得色彩斑斕的便當刺激食欲，大叔們紛紛歡呼。

而且還是艾蜜姊這個旅名川至寶親手做的，他們吃得像個小孩子一樣可說是必然。筷子沒有要停下的跡象。剷雪隊的免洗筷爭先恐後地襲向便當裡的菜。

「還有三明治和飯糰，細嚼慢嚥喔。尤其是正清，你每次都吃很快。」

和食派、洋食派的需求都有顧到，多麼貼心。換成我媽肯定會亂做巨大的炒飯飯糰。

「嗚咕？偶節得偶粗換的速度渾普通啊。」

「你看，這邊。別像倉鼠一樣吃得臉頰都鼓起來啦，真是～」

臣哥嘴裡塞滿食物，話都講不清楚了……還得到艾蜜姊可愛的責備。好吧，我能理解你的心情。艾蜜姊親手做的料理加了名為愛情的調味料，超級美味。

「……還有神聖的祕藥！渴望甘露的民眾，向莉潔哀求吧！」

莉潔將用繩子掛在脖子上的水壺舉高到眼前。

「莉潔，幫我倒一杯～」

「行。莉潔會倒到最滿，萬萬不可灑出來。」

孫女莉潔把茶倒進臣哥爸爸的紙杯裡，似乎在利用表面張力挑戰要灑不灑的極限。

「莉潔！要、要灑出來了！爺爺的茶要灑出來了唄！」

「莉潔不想聽人哭哭啼啼。灑出一滴，就把你釘在十字架上。」

爺爺和孫女不知道在和樂融融地玩什麼遊戲。

「修和鞘音不介意的話也來吃吧。我做了很多。」

由於艾蜜姊遞出午餐盒，我便不客氣了。雖然我根本沒做什麼事。我和鞘音並肩坐在長椅上，吃起鮪魚三明治。每咬一口，跟土司混在一起的鮪魚沙拉就會在舌頭上完美融化。

「……你喜歡吃三明治？」

「嗯，不討厭。蛋沙拉、鮪魚，豬排三明治我也喜歡。」

「……你要吃的話，我請艾蜜莉小姐教我……下次做給你吃看看。」

「真的假的？我超期待的！」

在意料外的情況下，跟鞘音定下令人高興的口頭約定，我的心情不禁感到雀躍。

「嗯嗯，好呀好呀。加入一堆對阿修的愛，就能做出好吃的三明治嘍♪」

「……艾蜜莉小姐，請不要說這麼難為情的話。我不是那種會在料理裡加入愛情的花痴女。」

「嗯嗯，嗯嗯嗯♪嘴上這麼說，表情倒挺誠實的，不錯喲。」

「……冬天天氣太冷，會害我臉頰變紅，我很頭痛。只是因為這樣。」

跟正經八百的臺詞相反，鞘音連耳朵都紅了，艾蜜姊微笑著對她點頭。

「雖然前面的路清得很順利，不過演唱會會場超大唄。不像通往滑雪場的路只有細細一條，我看得費一番工夫唄。」

臣哥用熱茶潤喉，吁出一口氣表示不安。舞臺位在一公尺以上的高度，基本上也有帳棚當屋頂。設置完畢的音響設施因為有用布蓋住的關係，並未遭到波及，不過積雪厚到從舞臺下來會埋到腰部附近。

不能小看山上的天氣。明明離住宅區沒多遠，一個晚上就會被可怕的白銀侵蝕。

「而且雪超重的。雪質偏濕，感覺水分很多，所以那些老頭子都累癱了。還有，放雪的空間不夠。」

農家全明星除了臣哥以外，大部分都六十歲以上。中午的休息時間，他們也在捶著自己的腰苦笑著說「累了累了（可怕喔可怕喔）」。

「要辦活動的話，希望能把舞臺附近、觀眾席、停車場清乾淨……辦得到嗎？」

「喂喂，修，你以為你在跟誰說話？阿臣人脈網的菁英都聚集在這裡，當然一點問題都沒有啊。」

臣哥彎曲右臂，固執地秀出他的肌肉。

「而且，可靠的援軍也該到哩。」

他「嘿咻」一聲站起來，凝視窗外，嘀咕了句意味深長的話。和平的午餐時間結束，準備開始進行下午的工作的我們感覺到腳下傳來類似地震的衝擊。

接著是狂野的排氣聲逐漸接近。

「喂……真的假的。」

連拜託人家幫忙的我都因為那超出想像的認真度，掩飾不住驚愕的目光。

印著瓦斯店名字的六噸貨車，以及裝備了巨大剷雪斗的裝載機，正在開上這條路。

「嗨，你們這群臭老頭狀況如何？有沒有冬眠啊？」

打開駕駛座的窗戶，伸出右手掛在窗邊的，不瞞您說正是我媽。兼具帥氣及美麗，開著貨車的不良媽媽登場，從視覺方面提振了充滿大叔的現場士氣。

「好——我也久違地拿出真本事吧！」

駕駛自家用裝載機的則是鞘音媽媽。我想起小時候看過鞘音媽媽在幫桐山家遼闊的土地除雪。

不愧是以「旅名川第一」之名廣為人知的農家媳婦。她甚至有大型特殊汽車的駕照喔。

「……我媽酷斃了。」

鞘音茫然地感嘆。與優雅外貌形成的反差，刺激了音樂人獨特的感性……的樣子。

除了她們，還有另一個人從媽媽的貨車下來。

「舞臺準備交給我吧。音樂是我擅長的領域。」

來啦——！斯塔林家的祖母！不，她是艾蜜姊的母親，但從莉潔的角度來看就是祖母。

由於交通系統癱瘓的關係，外包的工作人員來不了旅名川。而且觀光協會都宣布活動停辦了，工作照理說也會取消。

尤其是音響設備方面需要專業知識，因此我請年輕時期是音樂家的艾蜜姊媽媽來代替他們。

「線路的部分得重新檢查一遍，為了以防萬一還得校音，您願意幫忙嗎？」

「遇到困難就是要互相幫助。音控交給我吧♪」

艾蜜姊媽媽比出OK的手勢，表示肯定。

人都到齊了。旅名川三大美女媽媽，將為我們的冬日祭增添色彩。眾人分頭前往各自的工作崗位，進入後半戰。

農家全明星用拖拉機把雪搬開。鞘音媽媽靈活地操作裝載機的剷雪斗剷雪。我媽則駕駛貨車，將堆在貨架上的雪載去丟。艾蜜姊媽媽用鏟子除去舞臺附近的雪，重新檢查複雜的音響設備。

我決定先將戰場託付給流下爽朗汗水的大人們。

「我們去做自己的工作吧。雖然這樣講或許太誇張，希望這場演唱會可以一直被人傳頌下去。」

「……嗯。一起加油。」

我牽起鞘音的手，她也回握住我。媽媽以外的樂團成員都坐上臣哥的車，暫時回到住宅區。

回程路上，我們在通往滑雪場的那條路遭遇一排「人龍」。

貼心的艾蜜姊臨時停車，我叫住率領稚氣猶存、散發青澀氣息的年輕人的初老男子。

「學務主任，謝謝您。不好意思，勞您費心了。」

「呵呵呵，全校學生……還不至於，不過人來得比我想像中還多喔～直接去跟正清他們會合嗎～？」

「是的。現場的工作人員平均年齡挺高的，年輕學生的助力非常珍貴。麻煩各位了。」

我對笑得很開心的學務主任點頭致意，艾蜜姊的車重新駛向跟「由當地的中小學生組成的隊伍」的前進方相反的方向。

是學務主任運用他的情報網幫忙找來的人。國中和小學的教職員工也有以領隊的身分同行，安全方面不成問題。

而正是因為臣哥他們幫忙開闢出這條路，才能使用學生戰術。

「我很期待喔！莉潔！我會在前面看著妳！」

身在隊伍中的陽介發現跟他擦身而過的車子，立刻轉頭大叫。

莉潔拉下車窗，探出上半身畫了個十字。應該是在傳達「敬請期待」之類的訊息。

我依然心繫於你

ＳＡＹＡＮＥ的演唱會本來應該要停辦的。對此心懷期待的當地居民、前程似錦的學生都樂於伸出援手。

緊張感湧上心頭。然後是出於興奮的顫抖。

要站在舞臺上的人大概都有同樣的心情。

我們回到艾蜜姊老家，關進練習室。在時間允許範圍內調音和「為表演做最終確認」。

松本修腦中的冬日祭不會被固有觀念束縛。只是要像舉辦校慶一樣，做我們確信「會很有趣」的事，讓觀眾發自內心興奮起來罷了。

只有一瞬間也好。只是僅此一日的幻想也好。

如果能讓誰忘記所有的苦惱、留戀、後悔……

我就也能一次又一次地認為，神莫名其妙給予我的青春餘命也是有意義的。

最終章 要假裝沒發現喔，學長

我開始叫那個人「學長」，是在跟他一起去過雪燈祭之後。

我漸漸不好意思說出口「正清哥哥」這般幼稚的叫法，因此我基於「這樣就算我升上國中也能沿用下去」這個理由，固定稱呼他為「學長」。

如今回想起來——我一直拘泥於稱謂、敬語等無謂的表面形式。雖然可以說是小學生用自己的方式不斷嘗試，鼓起勇氣的結果啦。

也許是因為我想以妹妹的身分，以好友的身分緊抓著他不放。

跟女生走太近的男生很快就會被其他小學男生嘲笑。我害怕那個人不喜歡這樣，剪短有女孩子氣的長髮，主動擺脫異性這個框架。

因為這樣，那個人會像對待普通朋友一樣跟我一起玩。能夠不去理會其他人的調侃，維持正常的親密關係。現在一想，真是符合小學生年紀的膚淺想法。學長明明不是會因為同儕壓力而疏遠我，改變相處模式的人。

小學時期的照片我不太想看，也不想給人看。跟以學長為中心的男生合照，遠比跟女生的合照還要多。我的服裝和髮型也足以讓第一次見面的人誤認為男生。哎，拿來跟同學話當年的時候，是挺好笑的啦。

我依然心繫於你

I'm still thinking about you.

學長比我大一歲。只晚一年出生的事實暫時分開了我們。我小學六年級的時候，學長已經進旅中念書了。

「我明年也會入學，正清哥哥不要寂寞喔！」

記得我在畢業典禮上好像這麼鼓勵過他，以掩飾害羞。寂寞的是我才對。那是我拚命掩飾自己其實快要哭出來的一幕。

不出所料，跟學長一起度過的時間逐漸減少。除了學校不同外，我看過好幾次朋友多的學長開心放學的畫面，多少會不敢去找他。

「欸！哥哥來泡澡了嗎？」

我每天都會問雙親和祖父母同樣的問題。放學後及週末會到老家三雲旅館幫忙，在給客人用的正門口來回走動……沒有一天不盼望學長偶爾會來露個臉。過去那天真地跑過去抱住他的羞恥行為，至今仍會被學長拿來取笑。

我沒有喜歡上他。不對，是沒發現。

對親近的大哥哥的好感。我以為那是親情的範疇，對自己的感情毫不懷疑，至於我的心境產生些微的變化——是在小學六年級的冬天。

瀰漫寒假氣息的教室中，班上的女性朋友在聊雪燈祭的話題。故作早熟的女生為沒什麼反應的我說明：

「聽說在雪燈祭跟喜歡的人一起做雪燈，就能永遠在一起。」

即使是過於單純的都市傳說，小孩子也會立刻相信。我無視聊得不亦樂乎的朋友，對此半信半疑。

當時的我不知道戀愛這個概念，也沒有喜歡的異性。班上的男生都很幼稚，也不是會讓人產生戀愛情愫的對象。

如果是比我大的正清哥哥，跟他一起去也不是不行。

那個人的聖誕節肯定是跟同類的朋友一起度過，全是男人。

反正八成只有溫柔的我一個女生願意陪他。

只要用邀請家人的感覺輕鬆開啟話題就行。我是類似妹妹的存在……不是戀愛。沒錯，這是為了跟上流行話題所需的人生經驗。

「哥哥！今、今年……今年聖誕節，跟、跟跟、跟我一起……！」

每次在旅館見到他，我都會慌得語無倫次。

明明是簡單的邀約，不知為何卻緊張得卡在喉間。跟我一起——聖誕節數日前，我才好不容易在那個人面前說出下半句話。

「喔，好啊，反正我很閒！也很久沒跟妳一起玩哩！」

學長露出比雪還白皙的牙齒，那張頑皮的笑臉至今依然是我珍貴的回憶。

我穿著平常很少穿的裙子，努力打扮得漂亮，懷著激動的心情與未知的興奮前去赴約。

當時的我還是個幼稚的小孩，不太明白「永遠在一起」這句話的意思。

真想快點長大。

這樣應該就能理解此刻無法抑制的感情是什麼。

我記得當時的我，漠然地沉浸在這樣的思緒中。

「四月起我也是國中生了，以後我就叫你『正清學長』嘍。」

雪燈祭的回程路上。跟和家人說話一樣輕鬆的語氣也修正成符合學妹身分的敬語。學長看起來有點寂寞，但似乎不會反感。

學長，明年你也願意跟我一起做雪燈嗎？

短短一句話，為何說不出口呢？

明明只是要邀請如同家人的對象，為何會臉頰發燙，控制不住內心的動搖呢？

答案簡單明確。

僅僅是因為我對那個人的心意，達到了不同於家人的領域。

戀愛新手三雲雛子，將初戀獻給正清學長，嘗到了戀愛的滋味。

＊＊＊＊＊

晚了一年，我也穿上了國中制服。不曉得是不是受到依夜莉小姐的影響，學長把短髮染金，走路都聳著肩膀。現在回想起來，仍是會讓人不禁笑出來的經典回憶。

學長喜歡什麼類型的女生？

我的內心緊張到心臟都快爆炸了。然而，我故作平靜詢問他喜歡的類型，正清學長便露出傻傻的表情沉思，一定會這樣回答。

「會帶領幼稚的我，長髮成熟的女生唄！」

與總是跟在學長後面的我正好相反。朋友和家人會說我像他的妹妹，卻絕對不會說我像他的女友。

為什麼呢？是因為發育不足嗎？

「嗯嗯……化妝和穿搭好難喔～……」

我國一時身高不高，外表也相當土氣，因此我密謀要改變形象。把從來沒修過的眉毛修得細細的，都快看不見了。

還擅自借來媽媽的眉筆，學會畫眉毛這個大人的技術，

我沒有手機，只好用微薄的零用錢買髮型型錄和時尚雜誌，逐一收集最新情報。

「請幫我剪跟小翼一樣的髮型。」

國一的夏天，我這輩子第一次踏進春咲市的理髮廳。

指著時尚雜誌上的讀者模特兒，要設計師幫我剪同樣高調的蓬鬆髮型……結果髮色被染成鮮豔的棕色，髮尾燙捲，頭髮用髮膠固定成輕飄飄的模樣，看見鏡子，我有種明明是自己

的臉卻是不同人的感覺，好噁心。

「不過，這樣就變成熟了吧？對吧？」

對土裡土氣的國一生來說，都市閃亮的模特兒就是理想的大人。我對此深信不疑，直線走在辣妹之路上。把長到膝蓋以下的制服裙改短到從胯下測量會比較快的程度。只要改變外表就行。這膚淺的想法真的很幼稚。

校規禁止染髮，所以我還曾被叫到輔導室過。學長和我被貼上不良學生的標籤，一起聽負責指導學生的體育老師訓話。

「雛……妳那個髮型是怎麼回事？搞得跟辣妹一樣。」

「沒啊～？我都升上國中了，自然會崇拜都市的辣妹～」

捲起來的髮尾仍會讓我覺得怪怪的。

我用食指捲著髮尾，隨口回答學長的問題。

「豐臣是個白痴，所以也就算了，三雲妳成績不是不錯嗎？怎麼放完暑假就染髮學化妝了……發生什麼事？」

「老師，你沒聽過所謂的開學出道嗎？」

我換了一隻腳翹，彷彿在挑釁坐在對面的老師。白皙的雙腿從明顯變短的裙子底下露到大腿的部分。

看，學長。看看我的美腿。欲求不滿的國二男生，歡迎用猥褻的視線舔我的腳喔。我的表情故意裝出挑釁的樣子，卻因為不習慣的關係很難為情。為了讓學長見識大人的餘裕，得拋棄羞恥心才行……啊啊，可是好丟臉。

就在老師不知道眼睛該往哪裡擺的時候，正清學長看著我的腿……說了一句話。

「雛……就算夏天很熱，妳裙子未免太短了吧？如果妳嫌內褲會吸汗，去請妳媽幫妳買件透氣的內褲。」

…………啥？你是我哥嗎？

「笨蛋——！差勁——！學長一點都不懂女人心！」

「喂……！幹、幹嘛那麼生氣？我做錯了什麼嗎！」

我不停輕捶學長的肩膀。他不是在搞笑，是真的在為我的內褲擔心。我只能吐出混雜著傻眼的嘆息。

「還有，妳用了衣物芳香劑唄？虧我那麼喜歡妳身上那股溫泉的味道。」

「這不是衣物芳香劑，是香水！香、水！對女生說『溫泉的味道』很失禮耶，真是！」

「咦、咦咦咦……？還是我該說入浴劑的味道唄？」

「不是那個問題！你真的很笨！」

這率直的態度是優點，同時也令人火大。

我們都完全沒有反省的意思，吱吱喳喳地閒聊，被氣得受不了的老師罵了一頓。但是，跟學長一起挨罵的時間也不壞。

「本來以為三雲很優秀，但老師對妳太失望了。沒想到妳是這樣的學生。」

老師搖了搖頭，毫不掩飾失望的嘆息。

「給我馬上把頭髮剪掉染黑。否則不准上學。」

「什、什麼？染黑就夠了吧！」

「就是因為頭髮長，才會想玩一堆花樣。直接剪掉就不會想搞鬼了吧？」

「不、不要……我不要剪短……因為——」

學長說他喜歡長頭髮的女生。我被老師魁梧的身軀和咄咄逼人的態度嚇到，怕得說不出話。

「喂，老師啊，你懂雛什麼了啊。」

然而，學長卻站起來抓住面目猙獰的老師的領口。

「這傢伙還小，是會想裝大人，打扮得漂漂亮亮的年紀。叫女孩子剪掉等同於生命的頭髮，你算老幾？啊？」

心臟撲通撲通狂跳。我再度愛上他了。因為太過高興，寄宿著戀慕的視線左右游移。這次換成老師被他嚇到，學長像要給予最後一擊似的宣言：

「拜託啦，老師。我去剃光頭，放她一馬吧。」

隔天，學長去附近的理髮店剃了個大光頭。我向他道歉，他露出自然的笑容回答：「這樣可以省洗髮精耶！我要不要乾脆加入棒球社唄？」

學長很受歡迎。不論男女老少都能聊得很開心，也有很多不良少年風的朋友。

他偶爾會和高年級生或老師吵架，不過長相還不錯，我知道有好幾個女生被始終帶著孩子氣笑容的他迷住。

「欸，豐臣同學有對象嗎？」

因為很多女性朋友會來問我學長是否單身。我和學長感情不錯似乎是眾所皆知的事實，她們會拜託我幫忙牽線。

假笑底下是些微的不耐。

為什麼沒人「誤會我是他的女友」？我和學長經常交談，校內應該也有很多人認識我們才對呀。

「那豐臣同學有沒有喜歡的人？妳不會不知道吧？」

「……哈哈，大概沒有吧？那傢伙看起來就對戀愛沒興趣。」

學長沒有對象。我可以肯定。

但他有沒有喜歡的人……我就沒自信了。我們不會聊戀愛話題，要我主動去問，我又有點害怕。

因為——假如學長有喜歡的人，而那個人不是我……

三雲雛子，妳太遜了。

假裝無所不知，實際上卻害怕知道。

「對了，雛子，開學後妳變得好成熟喔。下次教我化妝啦～」

朋友會誇獎我。誇我成熟、時髦，不停捧我。

真正希望得到稱讚的人沒誇我，我不太高興。難道我不該跟學長混熟？只要除去妹妹感，或者說不屬於戀愛對象的學妹感，學長是不是……也會把我當成異性看待呢？

＊＊＊＊＊

殘留的暑氣也開始消散的國一秋天。

我逐漸離開哥哥……也不能這樣說，逐漸不再跟在學長後面。

除了要擺脫妹系學妹的形象外，也是在打「如果我退後一步，這次會不會換成學長來追我」這無聊的如意算盤。

「啊，學長，你聽我——」

就算在學校的走廊遇到，我也會克制不要跟以前一樣隨口跟他搭話——

「豐臣學長，早安～」

而是換成普通的招呼語。我還很有禮貌地用姓氏稱呼他，喉嚨卻覺得卡卡的。

「雛，妳怎麼了？妳最近好像沒什麼精神。」

「沒啊，三雲雛子跟平常一樣。」

「啊～我知道了。妳便祕對唄～？」

這個笨蛋在說什麼啊。

「等我一下，我書包裡有便祕藥……噢，好痛！喂，幹嘛打我！」

「笨蛋笨蛋笨蛋！為什麼你這種人會受歡迎！」

我踢了他幾腳，落荒而逃。不僅沒能成為成熟的美女，還被粗線條行為搞得惱羞成怒。

我不是想要你擔心我。我希望你看出我若隱若現的細微好感，誇獎我的髮型好看，或是發現我換了香水！

啊啊……我總是被那個吊兒啷噹的笨蛋耍得團團轉。

下午雖然也有課，不過由於我心情極差，便直接跑到校外。儘管外表是個新手辣妹，我骨子裡終究是認真的學生。這是我第一次翹課。

「……唉。買飲料買飲料。」

比深海更深沉的嘆息融進秋風之中，我在公民館的自動販賣機買了紙盒裝的草莓牛奶。人生第一次在路邊買飲料喝，我有點怕，但周圍沒半個人，所以我毫不猶豫插進吸管。翹課在路邊買飲料喝……是屬於國中生的有點壞的紓壓方式。

我移動到最近的兒童館，雙手抱膝，獨自坐在溜滑梯頂端。

輕輕咬住吸管，小口吸著草莓牛奶。

唉……為什麼我一直在做白工。不停嘗試在頭髮上做花樣，跟店員商量許久，買下昂貴的衣服，花一堆時間化妝，不知道在早起什麼。

根本比學長笨好幾倍。

草莓牛奶已經喝光了。我「滋滋滋」地發出粗俗的聲音繼續吸著。

「學長是大笨蛋蛋蛋蛋蛋蛋蛋蛋蛋蛋蛋蛋蛋蛋蛋蛋蛋蛋！」

我將少女的怨氣毫不保留地扔向遠方晴朗的藍天。

再怎麼怒吼，聲音這種東西在脫口而出的瞬間就會消失。

理應不可能傳達給不在場的、惹火我的元凶——

「啊我人就在這，不必那麼大聲我也聽得見。」

為什麼你會在那裡？

我稍微往下看。正清學長雙手扠腰，站在溜滑梯出口前。被他看見羞恥的一面，我臉頰發熱，不敢直視他。

「……你什麼時候來的？」

「差不多在妳爬上溜滑梯，板著一張臉開始喝飲料的時候。」

我的臉已經不只是發熱，而是燙到快要燒爛的地步。

「可惡……！你在就出個聲啊……！」

我抬起放在溜滑梯上的右腳，把樂福鞋踢出去砸他。

「呵，打不中的啦～別小看下田鍛鍊出來的優秀運動神經。」

學長卻輕易躲開。

「還有，妳抬起右腳的瞬間，我看見內褲嘍。白色的。」

「…………！」

我馬上按住裙子，可是內褲被看見的事實並不會因此改變……強烈的羞恥、憤怒、各種感情在內心掀起巨浪！

「喂……？雛……？等一下等一下……！唔喔……！」

為了掩飾快要奪眶而出的淚水，我一口氣滑下兒童用溜滑梯，對著悠閒站在出口的學長的小腿，使出華麗的飛踢。

沒鋪柏油的地面滿地是沙。強壯的學長紋風不動，只有無力的我被彈回去，一屁股跌坐在地上。

啊啊，好慘。現在的我又在白費力氣。屁股也陣陣發麻。

「學長……好讓人火大。」

「為啥唄……？我完全想不到原因。」

演獨腳戲的可悲感越來越強烈。

想成為大人，卻忍不住像小孩一樣哭出來。

「站得起來嗎？有沒有受傷？」

「……站不起來。屁股好痛。裂成兩半了。」

撞到的屁股是真的很痛，但不至於走不動。住在我心中那愛撒嬌的妹妹選擇誇大其辭。

「拿妳沒辦法。來。」

從小到大都沒變。只要我鬧脾氣，學長就會彎下魁梧的身軀背對我。隨著年紀增長，他的身體面積和體積逐漸增加。明明直到小學低年級為止都是我比較高，不知不覺間就被他追過了。

「都國中了還被人揹在背上，很丟臉耶。要是同學看見怎麼辦？」

我還不忘裝出一副不甘願的樣子。

因為萬一他發現我希望他這麼做，我會很難為情。

「沒差唄。學校不會有人說我們在交往啦。」

「哎，是啦！因為我們像一對兄妹。」

學長輕描淡寫地說出的貼心話語，在我心上刺了一針。隱隱作痛，揮之不去的疼痛隨著時間滲透體內。

我趴到學長背上，將身體靠上去。好幾年沒被他揹了，學長的制服染上的充滿男子氣概的汗味及泡麵味、隔著制服傳來的體溫、如岩山般高低起伏的肌肉觸感，奪走了我未知的焦躁與針刺般的疼痛。

維持現狀固然輕鬆，但不能將最真實的感情傾訴出來，也是一種拷問。

「要回學校嗎？還是翹課回家？」

「……我要回家——麻煩就這樣把我當公主揹回去。」

「真是沒料又任性的公主。了解。」

「不好意思喔，我是沒料的公主。未來我會繼續成長，變成火辣的身材。」

別笑我。給我等著看吧，臭木頭。

學長一臉傻眼，卻揹著我慢慢前進。他的言行舉止明明粗野到不行，盡量避免晃到我的紳士行為透過他寬廣的後背充分傳達給我。

「妳變好重。」

「什、什麼！沒禮貌！學長你這個人！真的是！」

「沒、沒啦，我是指跟小學時期比起來長大了！別亂動！是說妳根本超有精神吧！」

我前後擺動雙腿，學長的眉毛垂成「八」字形，有些不知所措。儘管不是約會，我卻有種在約會的心情。這裡是只屬於三雲雛子的貴賓席。

「妳最近很皮喔。我這個男人不懂啦，但我覺得妳大概在勉強自己唄。」

「要你管……女生的心情只有女生懂啦。」

「那我來告訴妳男生的心情。我覺得以前自然又坦率的妳比現在可愛好幾倍。」

蟲鳴聲在鄉間道路迴盪著。學長揹著我，用比烏龜還慢的速度踏上歸途，轉頭露出雪白的牙齒。

「……開學出道的我很受歡迎喔。有好幾個人來跟我告白。」

雖然我都用「我好像有喜歡的人」這種模稜兩可的說法鄭重拒絕了。

「男生也有各種喜好。至少現在在揹妳的男生並不興奮。」

淘氣的調皮鬼的笑容，是拿掉刺在我心上的針的唯一方法。每本課本、醫學書都不會記載的，專屬於我的治癒魔法。學長說的「可愛」不是異性的可愛，而是在說親近的妹妹……

高興之餘，我藏住複雜的心情，用手刀敲學長的頭，以報復他那輕度性騷擾的發言。

滿腦子負面情緒只會耗損精神。跟學長在一起的時間應該會持續下去，如果我們高中也念同一所，大概不用著急吧。

維持現狀——等升上高中，試著跟他告白好了。對我和他來說，現在談戀愛為時尚早。我們內心都很幼稚，那傢伙在戀愛方面又遲鈍。

不對，由我告白就輸了。上高中後，我要變成連讀者模特兒都比不過的大美女，讓他跟我告白。

然後高傲地回答「可以讓我考慮一下嗎？」。

讓他吃醋，吊他胃口，最後再答應。

好像不錯耶？像小惡魔系學妹。

我可不想硬讓關係進展，破壞現在絕妙的距離感。

別讓他把我當異性看待，今年也光明正大搶走他聖誕節的時間吧。反正學長八成沒人陪他一起去，我不邀請他的話，他未免太可憐了。

在我們長大前，繼續當個如同妹妹的學妹就好。

「學長……有喜歡的人嗎？」

不過，唯有這個我想問清楚。想確認答案，讓自己暫時放心。

「幹嘛突然問這個唄？不像妳會問的問題耶。」

「沒有啦……我有個好奇心很重的朋友對你有興趣，所以我想說幫她問一下。」

我沒有說謊。用「不是我想知道」這個表面理由搪塞過去。

「我猜得到答案就是了。滿腦子只想著玩的你對戀愛不會有興趣吧。」

我哪可能有喜歡的人唄。

還以為他會這樣回答。徹底鬆懈了心防。

「……好吧，只告訴妳一個人應該沒差。別跟其他人說喔。」

「咦？」

這個氣氛是怎樣？為什麼學長一副不好意思說的態度？

「有喔。我有喜歡的人。」

我啞口無言。希望他快點繼續說。

「我一直在注意她，但我不想被其他男生鬧。升上國中後，她變得愈來愈成熟，愈來愈漂亮……害我慢慢克制不住。」

「……你願意……告訴我那個人的名字嗎？」

「笨～蛋。太難為情了，我還說不出口！如果我們真的在一起，我會最先告訴妳！」

學長難得臉紅，笑著打馬虎眼。

他揹著我，所以看不見我憋笑的臉。

我——把臉埋進學長的肩膀，努力掩飾揚起的嘴角。一直在注意她，升上國中後變成熟了。只有這點抽象的提示，我卻往對自己有利的方向解釋。

本人在場，當然不能透漏太多嘍。學長也有純情的一面嘛。

難道學長對我有意思？

如今回想起來，真是可笑到讓人傻眼，蠢得難以言喻，悲慘到讓人哭出來。

三雲雛子「自以為是」的誤會很快就會幻滅。

以數星期後，從未談過戀愛的學長跑來找她做戀愛諮詢這個最慘烈的形式。

為什麼我給了他那樣的建議？

是因為我以為只要認真陪他商量，他被甩的時候就會逃回來嗎？說不定會回到我身邊，治癒受傷的心……或許是醜陋的意圖害我被命運討厭了。

我沒有輸。連擂臺都沒站上。

冬天，我在以找對象為目的的女性朋友的小團體邀請下，迫於無奈參加了雪燈祭。學長決定要「邀請喜歡的人告白」。

「學長，你知道嗎？在那個地方一起做雪燈的情侶，好像會永遠在一起喔。」

因為自作聰明的我事先給了他建議。

反正會被甩。不理解女人心的學長，怎麼可能和高嶺之花交往。

我懷著用來安慰自己的願望，試圖控制失控的心臟。告訴他無聊的都市傳說，想讓他自爆。

狡猾、骯髒、醜陋。卑鄙的企圖在腦中打轉，我和朋友一起來到旅名川滑雪場。

因為待在家會心神不寧，被無盡的憂鬱帶走……搞不好我是希望上天乾脆地下達判決。

反過來說就是機會。學長的初戀沒有結果，孤單地杵在原地時，我會維持鎮定的表情，自然地跑到他身邊，跟他一起做雪燈。

我，只有我——能理解學長。他也該發現了吧。三雲雛子不是妹妹……是他想當成戀人的女孩。

能永遠在一起的，是最先一起做雪燈的我和學長吧。

自我中心的想法。滑稽的誤會。過於可悲自戀的妄想。

為何？為什麼？怎麼會這樣？為什麼結果並非如我所想？

如果我長得成熟一點，學長是不是就會喜歡上我？

如果我跟他同年，是不是就能跟他建立起平等的關係，不會被當成小孩子看？

如果我晚一點認識學長，他是不是就會把我當成異性看待？

如果我家不是開旅館，是不是就不會被他當成一天到晚見面的妹妹，排除在戀愛對象之外？

如果我沒自作聰明幫他出主意，他會不會至今仍是只屬於我一個人的學長？

如果我們之間發展成錯綜複雜的三角關係，我是不是有一戰的能力？

只要在學長對未來迷惘之時，故意破壞他們的關係。

只要將初戀訴諸言語，好好地直接跟他告白。

「我喜歡艾蜜莉同學。」

兩人做完雪燈，順利點亮蠟燭的時機。學長對初戀對象告白，她回以燦爛的笑容的瞬間

——躲在人潮中的我只能遠遠看著。

一起做雪燈的情侶會永遠在一起。

根本是騙人的。因為，我的願望沒有成真。

那個人的身邊不是我的聖誕節。

不要。我不要。你要一直教我……教我怎麼做雪燈啊。

我的哥哥，只屬於我的……正清學長。

我喜歡察覺初戀的冬天。

也討厭初戀結束的冬天。

我和艾蜜莉學姊在我升上高中的時期開始有交流。我跟他們兩個一樣升上春咲高中，所以是從旅名川站搭乘地方線上學。抵達春咲站的近五十分鐘內，我們三個會在包廂式座位閒聊，這已然成了慣例。

艾蜜莉學姊是笑容與善意的天使，很照顧我這個愛裝熟的學妹……然而，當時的我卻心懷不軌。

為了避免正清學長把我當成電燈泡，我跟艾蜜莉學姊也打好了關係。

他們兩個真的很溫柔，跟我相處的時候都不會顧慮太多。我自己則……對於化為他們的背後靈的自己，對於奪走他們的獨處機會的欲望，陷入輕微的自我厭惡當中。

我的高中生活跟背後靈一樣。

一面凝視閃亮的青春，一面不停調侃他們兩個。

理應是只屬於那兩個人微甜回憶的大量照片及大頭貼，多了不識相的學妹這個異物，只有身為當事人的我意識到這個狀況有多麼異常。

沒把我當電燈泡，用真心誠意的笑容接納我的那兩個人，我最喜歡了。無自覺的溫柔，彷彿在往三雲雛子奸詐的傷口上抹鹽。

不該是這樣的。我並不想嘗到這種痛苦的滋味。

什麼時候會結束？我何時才能為這樣的關係畫下句點？

我依然心繫於你

I'm still thinking about you.

我找不到答案，繼續過著有沒有我都沒差的日子。

礙手礙腳的我的高二生活結束，學長畢業的那一天。

畢業典禮結束後，三年級聚集在校舍出入口前的廣場和中庭，在校生和老師依依不捨地交談著。我從校舍的窗戶往下看過去，學長也身在其中，手上拿著裝畢業證書的圓筒。我全速在校舍內狂奔，三步併作兩步跳下樓梯，喘著氣衝向位在操場那側的廣場的學長。

學長決定留在這兒找工作。視我的志願而定，我們可能得暫時分開。

一思及此，胸口就傳來一陣陣不快的悶痛。就算是早已退出的旁觀者，就算是帶著假笑黏在恩愛情侶身邊的小丑，也難以克制這股焦躁及悸動。

至少在高中時代的尾聲，要留下青春的回憶……

「學長！」

我從背後叫住正準備回家的那個人，他便轉過身來。

「學長的第二顆鈕釦……還在的話請給我。」

我早已放棄告白，不過即使是微苦的回憶也沒關係，我想為它留下實體。

「抱歉。第二顆鈕釦我給艾蜜莉了。」

這結果很正常。制服的第二顆鈕釦是用來送給心上人的。仔細一看，他的鈕釦和校章也一個都不剩，似乎全送人了……可見他多受歡迎。

「不過高中的運動服我沒給其他人喔。我想說妳應該會願意穿。」

他為了我……特地留下來的。真的是個像溫柔大哥哥般的人。

想要。因為它能讓我感覺到逐漸遠去的你就在身邊。

「沒辦法。你的運動服也只有我會收下嘍。」

我將學長給我的紅色高中運動服任命為我的睡衣。

在同一所學校度過的時間一去不復返。僅僅是黏著正在交往的兩人，以免被他們排除在外的高中生活，也只有我一個人被留在原地。

自己是主角的酸甜青春——根本不存在。

隔年，上大學的我將長髮剪短成鮑伯頭。我沒理由繼續配合學長的喜好，想藉此轉換心情這種老哏的意圖也占了一小部分。

想走出去。想用新的戀情將它覆蓋過去。我在大學認識了許多人，在社團和聯誼時認識的異性，也有不少人對我抱持好感。

即使如此，我……始終無法接受他人純粹的好感。嘴上說著渴望一段新戀情，無法偽裝的真心卻不斷表示拒絕。

找工作的時候，我煩惱過該不該離開故鄉。最後選在當地的觀光協會就職，也是因為對學長的執著及留戀順其自然的結果。

我依然心繫於你

I'm still thinking about you.

由我和妳炒熱這邊的氣氛，把它打造成每天都像在辦校慶的熱鬧小鎮吧。

出於關心，學長跑來邀請我喝酒，誠心留我待在故鄉……我很高興。

看見他不經意地拿起來用的智慧型手機，桌布是兩人的愛女（莉潔），令我覺得呼吸困難，想逃避現實因而無法直視。

長得和艾蜜莉學姊那麼像……要我怎麼不難過。

若學長是跟我在一起，小孩會長什麼樣子呢？

一定會很像我，超級可愛……

如果遺傳到學長少根筋的部分就麻煩了……

學長都結婚九年了，我依然為這份心意所苦。明明做不了任何抵抗。

想忘記沒有結果的初戀，卻忘不掉。好討厭自私的自己。

假如我當時有這麼做。早知當時這麼做的話。我的人生就只是沉浸在毫無根據的假設及留戀中。連播臺都沒站上去的三雲雛子只能負責以維持現狀為名的善後工作。

每當冬季來臨，我都會在腦內描繪出尚未嘗到戀愛滋味時，純潔無垢的銀色世界。

與想遺忘的記憶一同想起——雪燈的做法。

＊＊＊＊＊

上下眼瞼慢慢分離。暴露在冰冷空氣中的眼睛看清昏暗的景色。

仰躺著看見的木造天花板是再熟悉不過的我的房間。

我睡得跟死了一樣，跟沉進深海一樣。

為什麼醒來了呢？作著幸福的夢孤單地凍死也無妨。我並不想看到這場夢的後續。之後是——沒有壞人的惡夢。選擇維持現狀的我獨自被留在現狀的留戀。

與其繼續沉睡，也許我會選擇不會作夢的死亡。

鎮上被抹成一片純白，準備好的活動停辦，二十七歲的我沮喪地窩在家。真糟糕。我未免太難搞了。

「唉……學長是大笨蛋。」

除了棉被外，我還抱著乾燥的空氣，所以喉嚨變成一片沙漠。對不可能在這裡的學長抱怨的聲音也細不可聞。

明明沒開燈，房內卻不是全黑的。好像是忘記關的電視螢幕發出白光，把房間打造成令人發毛的昏暗環境。雖然我不記得我有開電視……

我快速地坐起上半身，好去冰箱拿水。

在電視前面——看見一個人影。

昏昏沉沉的大腦瞬間清醒，我吞了口口水，汗水自全身上下冒出。

「我還想說妳終於醒了，結果一起床就罵人笨蛋……太貴昏（過分）了吧。」

「………咦？」

那個！散發出滿滿傻氣，帶口音的聲音是！

我扯了下電燈的繩子，照亮整個房間。

燈光刺得我不停眨眼，和那個厚臉皮的人面對面。

「嗨，我來接無精打采的睡美人啦。」

夢境的後續會延續到現實嗎？我是不是誤入不同未來的世界線了？我的身體是二十七歲。身上的衣服也是鞘音妹妹幫我換的睡衣。沒有回到過去，未來也沒有改變。

無疑是現實。「穿著旅中制服的正清學長」毫不客氣地盤腿坐在地上，竟然還在我房間打電視遊戲。

雖然他擺出帥氣表情講出帥氣的臺詞，這可不是適合在電動打到一半的時候做的事。要像王子那樣……真的太扯了！

有夠不爽。我明明氣到不行——

「……學長為什麼在這裡啦啊啊啊……嗚嗚嗚……嗚……嗚嗚……」

堵住珍貴水分的茫然轉為歡喜，脆弱的理性不受控制。

旁邊都是分泌物、哭到水腫的雙眼沉入感動的濁流中。

「幹嘛哭啦。妳好奇怪。」

「嗚嗚……因為……學長啊啊啊啊……嗚嗚……嗚嗚……呼……」

我忽然被他摸頭，變回如假包換的妹妹，哭得更加厲害。只能以嗚咽聲回答，丟臉到了極點。

「是說，妳房間都沒變耶。遊戲軟體也跟以前一樣唄。」

還不都是為了讓你隨時可以過來玩。

連房間的時間，都跟冬天的景色一樣被我凍結。

「還有，妳的睡衣！妳還在穿我高中的運動服啊！」

「嗚嗚……要你管……我穿什麼衣服睡覺是我的自由吧……」

「呃，妳好歹是個年輕女孩……總該有件毛茸茸的可愛睡衣吧？」

比起毛茸茸的可愛睡衣，我更喜歡染上濃烈學長色彩的運動服。

我不好意思說出口，便把臉埋進枕頭，遮住正處於喜怒哀樂洪水狀態的表情。

「這是艾蜜莉做的。她擔心妳肚子餓。」

學長突然遞出便當袋。保鮮膜包著兩個蛋沙拉三明治，一張撕下來的便條紙附在裡面，上頭是手寫的訊息「給小雛。肚子餓的話請用」，還有一隻可愛的Q版小雞在對我微笑。

「……贏不了……這要怎麼贏啊……嗚啊啊啊啊……嗚……」

嚼嚼。我把蛋沙拉三明治塞得滿嘴都是，不計形象地嚎啕大哭。

小雛陷入消沉的期間，雪兔在關心別人。兩者之間有好幾個決定性的差距，相同處只有性別。我明白。如果我是男人，八成會愛上她。

「廚藝比艾蜜莉好的居民沒幾個喔。她可是我引以為傲的老婆！」

「……嗚嗚……學長……你好欠扁……」

「為啥！少女心比無農藥蔬菜更纖細，搞不懂哩……」

學長感到困惑。你……不需要懂。我絕對不會告訴你。

「把妳那張哭花的臉洗乾淨，快去換衣服。我那個讓快要熄滅的燈重新亮起的優秀學弟——說要熱情招待『青春時期的我和你』喔。」

我聽得一頭霧水。聽不懂也無所謂。

今天是特別的日子，我就聽天由命，大玩一場吧。

只要把責任推給十二月二十五日——聖誕節即可。

就算我懷著跟學長是情侶的心情，就算我把這當成制服約會，也請原諒我。

即使是神明，我也不會讓祂妨礙重新燃起的初戀。

我的青春再也無法阻止。

我從衣櫃拉出懷念的衣服。

十二年沒穿了，身體卻比想像中還習慣。純白襯衫、深藍裙子，西裝外套的胸口處縫著旅中的校徽，二十七歲的人穿這個，已經是角色扮演的領域了吧。正清學長穿制服，讓我覺得是藝人要演短劇。

算了，其他人的眼光不重要。

有人規定穿制服約會是學生的特權嗎？

我不想素顏約會，便打開收在壁櫥裡的化妝盒。俐落地拿出化辣妹妝的整套道具，還不忘準備離子夾。如果能接髮，連頭髮長度都能變回學生時期的說。

學長，不好意思，要你在車子裡面等。女孩子是需要花時間準備約會的生物。學長跟女生相處那麼久，應該能體諒的。

「太久了吧，喂——！妳妝要化到什麼時候！」

「不要在女生化妝的時候進來啦，蠢男人——————！」

這男人……根本就不懂。還是一樣不懂少女心。

不耐煩的學長回到我房間，我們展開幼稚的爭執。這就是三雲雛子和豐臣正清的關係。

外表再怎麼裝，都會被一眼看穿。

對艾蜜莉學姊大概不會表現出來的，如同哥哥的本性。我很高興他毫不介意在我面前露出這一面，卻又深深體會到他沒有把我當成戀愛對象看待。

儘管如此，我想在喜歡的人面前當最可愛的女孩子。因此我將髮尾微微夾捲，模仿流行的妝容，穿上與年紀不符的制服迷你裙。

我在鞋箱深處挖到當時穿的樂福鞋，將穿著過膝襪的腳套進去。鞋尖在玄關的地上敲了一下，把腳後跟塞進鞋子的久違感受在高中畢業後就從未有過。

這次乖乖在旅館正門等的學長拚命抱怨，我卻順從雀躍的心情，試著提議：

「學長，要不要用走的去？國中生哪能開車呢。」

學長說「說得也對！」便同意了，不過——你不知道單相思的人的真心話。這是因為用走的過去，可以讓我們倆獨處的時間延長幾分鐘。

徹底化身成國中生的兩人邁出步伐，在安靜的道路上並肩而行。聊著無關緊要的話題及回憶，互相歡笑的制服約會……我仍然沒有真實感，好像在看夢境的後續。今年聖誕夜，最幸福的女生說不定就是我。

不久前漫天飛舞的白雪，如今陷入暫時的沉眠。上坡道路的雪壁不知道被誰清乾淨了，彷彿在緩緩迎接我們。

微微瞇眼錯開焦點的話，荒廢的小木屋甚至散發出有如佇立於雪原上的古城風情。

令鼓膜為之著迷的歡呼聲一陣陣傳來，撼動乾燥的空氣。冬季星空只會將美麗的容顏露出一小時……不，數十分鐘。

電腦燈的軌道華麗地射穿天空，彷彿在挑釁那抹瑠璃色。湧上心頭的興奮感刺激全身的神經，從頭頂到腳趾都燃燒了起來。

降落於冬季大地的瞬間，我一句話都說不出來。

想不到該如何形容從身體深處滲透至全身的感動。

「好多……雪燈……」

名為滑雪場的大雪原。

朦朧浮現於各處的是類似電燈泡的微光。就算沒有舞臺照明器材，腳邊的微光也會重疊在一起，為黑暗中的我們著上顏色吧。當地的家庭、夫婦、朋友、學生情侶，各自蹲下來點亮雪的碎片。沒有比這更適合白色聖誕節的景色。

「修和鞘音成了開端，旅名川的人都聚集在這裡了。為了讓妳努力點亮的一年一次的燈光不會熄滅。」

「什麼啦……我怎麼那麼幸福……」

理應早已哭乾的淚水使眼睛表面浮現一層薄膜，我按住發熱的眼角。

這裡不再是觀光協會幫忙準備的地點。

而是愛管閒事的學弟、小學妹，和平均年齡偏高的當地居民，再度為我點燃火焰的——

聖誕節的小小奇蹟。

在身穿制服的正清學長的領導下，打扮成旅名川國中生的我……

「呵呵……那什麼東西……好好笑。」

克制不住突如其來的笑意。

SAYA貓以僵硬的動作，在聳立於雪原上的舞臺到處亂跑。當地的小學生一口氣湧上來，SAYA貓一副打從心底感到困擾且驚慌失措的模樣，實在很有趣。

她跳著移動，結果腳一滑，豪邁地跌倒！不對，她在跌倒前立刻往前滾，化解了危機！

SAYA貓好厲害！

「這隻使魔原本被當成社會的垃圾。吃了魚不付錢就跑是他打招呼的方式。他誤以為包包要壓得扁扁的使用才帥。SAYA貓是由救世主調教過的。」

哥德蘿莉口譯員靠臨場反應幫SAYA貓捏造詭異的境遇。由於活動已宣布停辦，再怎麼說都稱不上人滿為患，不過上百位當地民眾都獻上溫暖的掌聲。

中小學生指著SAYA貓，笑得稚嫩的臉都皺在一起了。

剛把眼睛哭腫的我……也笑了出來。學弟和學妹為了幫難搞又愛哭的雛子學妹打氣，把SAYA貓——帶過來了。

「哦，不知死活的傢伙。救世主的聖劍會成為革命的矛頭喔。」

SAYA貓做出挑釁的手勢。莉潔收下她的戰帖，拿起吉他，兩人面對面開始合奏。即興的樂句寄宿於吉他弦中，靈魂奏響的聲音和扭曲的音波毫不留情地貫穿觀眾們毫無防備的鼓膜。

站在觀眾席前方的人影是單手拿著手機對舞臺錄影的學弟和艾蜜莉學姊。大概是在幫SAYA貓的活動開實況。

目的是提升SAYA貓的知名度。以及讓因不可抗力因素而無法到場的人看見。

「妳打扮得太久嘍，所以修建議讓SAYA貓幫忙暖場。一下跳舞，一下彈吉他，一下玩賓果遊戲。」

「他們還願意等在鬧脾氣的我呀……大家真的……都是溫柔的好孩子呢。」

連天氣何時會變好都不知道。明明大可盡快開始表演，竟然選擇等待這種玻璃心的廢物女。

「我還想了即興企畫，跟依夜莉姊比腕力，贏了可以給她親臉頰，結果她直接賞我肚子一拳！」

「唔哇，學長好噁～這句話是發自真心的。」

「不只是我耶！一群大叔都在排隊，然後統統被擊沉……」

「結果還是辦了那個活動嗎！男人這種生物喔……」

我傻眼到臉頰抽搐。還有，依夜莉小姐未免太強了。

或許是看見我來了，SAYA貓和口譯進到後臺。學長將蠟燭及打火機遞給愣在原地的我……

「妳會做雪燈嗎？」

笑著這麼問道。怎麼可能不會？是你在我們第一次也是最後一次共度的聖誕節教我的。

「……我忘了，請你教我做吧。」

不過，我還是故作無知。

「真拿妳沒辦法。我教妳，一起做雪燈唄！」

我一直在盼望學長笑著教我做雪燈。因為這十五年間，我都在維持現狀，等待這一刻到來……戀愛之神啊，讓我嘗到這點虛幻的戀愛滋味也沒關係吧？

「學長喜歡的……是長頭髮還是短頭髮的女生？」

我假裝忘記了，自然地提問。

「嗯？果然還是長頭髮的成熟女性比較對我胃口啊。」

「嘿嘿嘿，對喔！真想跟艾蜜莉學姊一樣有一頭長髮。」

我露出淘氣的笑容，用手指撫摸後頸的髮際。以前更長的說……我偷偷沉浸在哀愁中，跟學長一起蹲下，裝成國中生。一面閒聊，一面玩雪。

雙方都穿著制服，將意識交託給青春時期的餘韻，倒回已逝的時間。

現在的我們看起來像不像情侶？在聖誕節做只屬於兩人的雪燈，一定會被誤認為關係匪淺吧。

今天的三雲雛子是全世界最可愛的。因為她在談戀愛。

能獨占這麼可愛的學妹，希望學長好好體會一下他有多榮幸。而且我還是單身，沒有對象。就算未來我和比正清學長更好的男性交往，我也不接受嫉妒和抱怨。

「好！該點火嘍！」

我們一起做的，僅此一個的雪燈。胭脂紅的火焰點亮銀色藝術品時，照亮了罹患相思病的女人——與身邊的人共享的美麗世界、小時候的回憶、與朦朧火焰一同逐漸消失的初戀季節，使她沉醉其中。

可以的。若是現在，我能斬斷將我束縛住的名為「初戀」的鎖鍊。

「學長！」

要說。要告訴他一直藏在內心最深處的心意。

若能讓初戀結束，乾脆搬去離旅名川遠一點的城市好了。找間不錯的公司上班，租間不錯的房子住，跟比學長更好的優秀男性結婚。

那就是……什麼都不會被破壞，誰都不會受傷的最佳選擇。不過……

「正清……學長……」

「喔，怎麼了？」

映在學長純潔無垢的雙眼中的我，表情十分脆弱。

「有點……變冷了呢。」

這是違背本心的證明。看來我並不渴望新戀情，反而下意識追求著初戀的延長線。

「就叫妳穿外套了唄。妳還在那邊胡說什麼『想打扮得漂亮就是要跟寒冷戰鬥啊～』。對喔，妳以前就都穿很少。」

學長無語地唸了我一句，脫下自己的西裝外套——

「嘿嘿嘿，分妳我的體溫！有味道的話先跟妳說聲抱歉啦！」

披到我淒涼的背上。

學長國中時身上的味道，真懷念。學長家、午餐的便當、在外面玩時沾到的沙塵……口袋裡裝著數十年前已經褪色的袖珍包衛生紙，以及融化的糖果。丟掉啦。還有一點防蟲劑的味道，大概是因為都放在衣櫥裡。彷彿被他揹在背上的體溫也還殘留在外套上。好溫暖。

就算他結婚了，就算他有其他喜歡的人，學長本身也沒有任何改變。

「……好像在穿制服約會喔。雖然我是迫於無奈啦！」

「一年一次的話還不錯啊？艾蜜莉跟莉潔被修他們搶走，不肯陪我。」

好溫柔……最喜歡你了。學長，我最喜歡你了。我會一而再再而三地重新愛上你。

「沒女友陪我一起看演唱會。如果妳願意陪我這個寂寞的男人，我會很高興喔。」

「拿你沒轍呢！像學長這種難搞的人，也只有我這個喜好獨特的學妹會理你啦！」

「囉嗦——！我才不孤單！我只是不會樂器！」

我們捧腹大笑。三雲雛子……妳這樣不行。

無法拋棄。無法拋棄啊。不管過了幾十年，這段時間都是幸福的。即使三百六十四天都得當旁觀者，即使心中只有留戀，若是為了僅有一天的幸福……這樣的人生也不錯。

「國中時期，我不是跟你說過雪燈的都市傳說嗎？那是騙人的。」

「啥！我還以為我跟艾蜜莉能在一起，是雪燈的奇蹟咧……」

唔哇……這個人到現在還相信嗎？真是個徹頭徹尾的大白痴。

「是無憑無據的大謊言。因為……我的初戀沒有結果。」

我仰望不停從天空飄落的結晶，喃喃地道。不靈驗的都市傳說與謊言無異。

「甩掉你的人肯定是沒長眼的渣男。把他忘了！」

學長淘氣地笑著安慰我，撫摸妹妹的頭。

「他真的是個讓人頭痛的渣男，我很想快點忘記他，但他超會玩弄女人心，偶爾又會表現出帥氣的一面，像小孩子的笑容很可愛……眼光真的有夠差。」

朝無自覺的罪魁禍首扔出帶有告白及諷刺意味的變化球，就是我現在的全力。

「如果妳不嫌棄，隨時可以來找我商量。畢竟是妳給了我跟艾蜜莉告白的藉口和勇氣。我欠妳的人情怎麼還都還不清唄。」

不是的，學長。

我……當時是希望你的初戀告吹的。

「我一直不好意思跟妳說，謝啦！讓我的初戀有個好結果！」

學長露出清爽而靦腆的笑容。

「沒讓我的初戀得到回報的學長……我最討厭了。」

我回答他的，卻只有細不可聞的輕微抱怨。因為輕浮的玩笑話脫口的瞬間，我可能會忍不住大哭。

會場熱鬧的氣氛瞬間一變。最快發現的學長指向前方，我也跟著往舞臺看去。

電腦燈的光往左右分散，將凍結的景色一刀兩斷，無數散開的ＰＡＲ燈也不規律地閃爍著。在舞臺上爬行的腳燈威猛地覺醒，凸顯主角的位置。

『——今天雪下得這麼大，真的很感謝大家還願意來。多虧許多人的好意及幫助，旅名川冬日祭順利舉辦了。真的非常感激。』

是學弟透過麥克風道謝的聲音。

『——等等好像又會開始下雪，不過希望各位能在時間允許範圍內參加到最後。請盡情享受靠當地人的力量創造的舞臺。』

會場的氣氛達到最高潮的下一刻，雜音消失殆盡。

燈光全關（cut out）——觀眾盼望的開演信號。

『——聖誕節，最重要的人送了我一首歌。』

單憑雪燈的光芒照亮的雪原上，只聽得見學妹……不，「歌手ＳＡＹＡＮＥ」的聲音。

彷彿在唸故事書給緊張地看著她的觀眾聽。

『——這個冬天，我無疑是幸福的，我們還約好明年也要一起玩。兩年後、五年後，就算成了老爺爺、老奶奶，我也會希望冬天永遠不要結束。』

跟我相反。

冬天會讓我想起那段回憶，所以我討厭冬天。

『——我認識一個人……討厭永遠沒辦法跟喜歡的人在一起的冬天。想忘記初戀，卻會在聖誕節來臨時想起來……但她還是希望初戀對象能開心，想看見他的笑容……就因為這個原因，選擇為故鄉奉獻，我覺得她的人生態度和扭曲的個性很棒，甚至覺得很帥。』

竟然有這麼扭曲的人，明明不關自己的事，我卻笑了出來。

『——想實現的永恆和想消去的永恆。我將寄託在歌詞中的心意獻給各位。那麼，請聽新曲。』

ＳＡＹＡＮＥ的初戀還有未來。我的初戀只能停留在過去。

描述互不相容的相反感情的冬日詩歌。其名為——

『——Everlasting。』

說出曲名之際，掛在鐵架上的PAR燈亮起。在夢幻的冬日景色中，照亮五人的身影。

我懷疑自己看錯了。那五個人穿得跟我和學長一樣。

SAYANE、學弟、艾蜜莉學姊、莉潔、依夜莉小姐……「大家都穿著旅中的制服」，甚至會讓人誤認成學生樂團。

我猛然驚覺，環視周遭，大部分的旅中學生都穿著制服。明顯不是國中生的畢業生也穿著同樣的衣服，大概是挖出來的制服或跟人借的。

我不禁產生錯覺。身旁是穿制服的學長。這裡是不是我和學長在一起的世界線的過去？僅存於聖誕夜的奇蹟。即使是明天就會消失的冬日幻想，學長此刻站在我身邊，和我一起做了雪燈卻是如假包換的現實，實在太過幸福了。

因為我一直悲觀地認為這樣的季節永遠不會到來。

「可惡的學弟……算你厲害。」

樂團成員自不用說，把當地民眾找來的也是他們吧。

果然每家都要有一隻可愛的學弟。還有女生把我扭曲的心意寫成歌詞，我可以高興一下吧。

可以驕傲地說，這是我想在最後嘗試一遍的制服約會吧。

以學弟的手指為源頭奏響的，是原聲鋼琴的前奏。

力道輕得像在用羽毛搔癢，感受聲音的器官卻被一把抓住。每當他撫過琴鍵，就像有水滴落在水面上一樣。全身的皮膚、在體內流動的血液、遍布身體的神經都會伴隨快感泛起漣漪。七十六個按鍵靈活地在弦樂器、電鋼琴、銅管樂器的音色之間轉換，同樣緊緊抓著聽眾的心不放。

莉潔穿著尺寸不合的制服，因此現在是萌袖狀態。

不過，被袖口遮住的手輕鬆描繪出複雜的軌道，輕快的附點八分休止符刺激觀眾的淚腺不願停歇。宛如冰塊脆裂聲的扭曲全音符、由右手悶音編織出的纖細旋律。哥德蘿莉幼女的六弦發出的音色經過縝密的計算，以免破壞抒情曲的透明度。

接下來是穿制服的依夜莉小姐。她穿裙子的模樣特別新鮮，迷住了在場的國高中生及大叔們。本人帶著有點害臊的苦笑，在琅琅上口的吉他副歌上點綴重低音的貝斯，卻是不妨礙散發憂愁滋味的伴奏絕妙的調味料。

艾蜜莉學姊舉起緊實的手臂。從裝飾音（flam）開始按照音高連打中鼓，描繪出華麗的過門。以精湛的技術呈現低音，卻又圓滑地將其連接在一起，架起漂亮的橋梁。八分，十六分，八分。一面配合不斷變化的拍子，一面敲擊鼓面，既冷靜又熱情。兼具優雅、俏皮、妖豔的成熟韻味。更重要的是溫柔的聲音。

難怪正清學長會被迷住。連我這個女人都覺得艾蜜莉學姊是值得崇拜的理想女性，我想模仿都沒那個本事。

不過，請把學長借我一天。拿聖誕節當藉口穿制服約會是三雲雛子的特權。

SAYANE靜靜唱出的歌詞是女性視角的悲戀。與初戀之人結合，只屬於兩人的回憶才剛增加，就要面臨永遠的離別。兩人喜歡的季節——是冬天。

女性在雪原中尋找。明明是不願回想起來的悲愴離別，她卻在曾經和他一起玩過的雪原尋找孤獨。盼望已不在的心愛之人能夠出現，就算是幻想也好。

然後……每當冬季來臨，她都會向不在人世的他告白。

為了取回初戀的感情，以免自己遺忘。為了絕對不要忘記想遺忘的心意。

淚水模糊視線，滑落臉頰。好不容易化好的眼妝和粉底全花了，讚嘆卻不停地自口中溢出。

太犯規了。害我忍不住將寄宿於曲名上的冬天故事，投射在抒情曲的旋律上。不用忘記也沒關係。不用放棄也沒關係。沒必要基於義務放下初戀。

即使是不會成真的未來，單戀又沒有保存期限。要花上一輩子為愛所苦，是我的自由。

就算把耳朵摀住。

ＳＡＹＡＮＥ彷彿在直接對我的心訴說。

若這是她在為我打氣……我也得前進幾步才行。

我哭得一把眼淚一把鼻涕，用舊衛生紙把臉擦乾淨，在尾奏快要結束的時機——對專心看著舞臺的「學長的側臉」說。

「三雲雛子最喜歡正清學長了。就算我的初戀是單箭頭……我也會永遠單戀著你，所以……我會再把頭髮留長。」

我的聲音大概被樂聲蓋過，他聽不見，但我已經滿足了，所以這樣就好。我沒收到告白的回應，不算失戀。我還有機會。每年聖誕節，都可以無數次地喜歡上你。然後無數次沉浸在初戀中。單方面地倒回時間，談一場一年一度的自私戀愛。

你的答案，我死都不想聽。

不要奪走……只有我獨自怦然心動的權利。求求你。

就算你察覺到我狡猾的愛意，也要假裝沒發現喔，學長。

還得跟送給大姊姊驚喜，自以為帥氣的學弟說句話才行。

我依然心繫於你

I'm still thinking about you.

我看準演奏結束，準備下一首歌的時機……

「就算雛子學姊處於傷心狀態，也絕對不可以愛上她喔——！」

拿彎成「く」字形的左手代替大聲公，喊出語意不明的臺詞。

帥氣地站在合成器前面的學弟理所當然困惑地歪頭。

以後也要繼續聽我吐苦水喔。

這副可悲的模樣也只能給學弟妹看了。

雛子學姊會請你們喝酒，如果我難過的時候你們願意陪我，我會很高興的。誰教你們寫出那麼棒的旋律，還對我唱出超直接的歌詞。

你們得負起讓我稍微——只有稍微而已——振作起來的責任。

時鐘的指針一指向凌晨十二點，聖誕節就會結束，我不再是主角。

身上的制服（禮服）將變成普通的衣服（角色扮演服）。

自以為是灰姑娘的乖僻女人，再幾小時就會變回只能旁觀的妹妹。

不過，臉上帶著淚水太難看了。至少要用燦爛的笑容迎接奇蹟的結局。

我的「維持現狀」，是單方面的青春延長賽。

留起長髮的三雲雛子是戀愛中的少女。

我要開始一段在冬天為愛所苦，孤單一人的初戀了。

尾聲

人類生的火，於雪原中心燃燒。我們徵得滑雪場老闆的允許及協助，搭起四捆左右的木柴，用點火劑當火種，毫不猶豫地點燃。比人還高的猛烈火柱升上夜空。

儘管我們沒紮營，不過這確實是營火。雪燈祭不會搞這個花樣，但這是我們自己辦的活動，慶功宴就辦得豪華點吧。

旅名川冬日祭……字面上看來太平凡了，沒意思。

TABINAGAWA（旅名川）Everlasting Snow。正式名稱最後決定是這個。

有幾十位當地人願意留下來，沒開車的人有的喝酒，有的帶著家人像後夜祭一樣在營火周圍跳土風舞。

「各位~煮好嘍♪很燙，請吹涼再吃喔。」

呼喚大家的溫柔聲音出自艾蜜姊口中。

聲音來源設置了簡易帳篷及長方形的摺疊式桌子，艾蜜姊、我媽、鞘音媽媽、艾蜜姊媽媽，四位美麗人妻站在那裡。由於她們都穿制服，人妻度比平常降低了些。感覺像在穿制服裝年輕的人妻們用湯勺攪拌著卡式爐上的大鍋。

當地民眾受到不停散發出來的濃郁香氣吸引，紛紛往簡易帳篷聚集。我和鞘音也排隊等著拿東西吃，彷彿被擴散開來的味噌香氣拉過去。

「媽媽負責切的料是紅蘿蔔和牛蒡對吧？切得超隨便。」

「囉嗦。吃的時候給我感謝媽媽的愛心啊。」

媽媽用紙碗裝了碗美麗人妻做的芋煮給我。我用凍僵的雙手接過，透過便宜紙碗傳來的熱度逐漸溫暖淡紫色的指尖。

好、好暖喔喔喔喔喔喔喔喔喔喔喔喔喔喔喔……哇啊啊啊啊啊啊……

我怕燙，所以往裡面吹了幾口，一將溶入紅味噌、肉、蔬菜滋味的湯喝下肚，微熱的水波便流至全身。體內的熱源拒絕了將近零度的室外氣溫的擁抱。

當地居民吃芋煮的筷子從沒停過，藉由幸福的嘆息訴說有多美味。

「……你提議的時候我挺驚訝的，但偶爾辦個芋煮會也不錯。」

鞘音也喝著芋煮湯，輕輕吁出一口氣。臉上浮現微笑，藏不住滿足感。

我的建議是「我想辦芋煮會當慶功宴」。起因在於前幾天跟媽媽吃了芋煮。我覺得如果用上一堆當地食材，跟當地人一起辦芋煮會，一定很愉快。於是我跑去跟地方農家交涉，拜託他們，他們爽快地提供了食材。

大家都分到芋煮後，艾蜜姊跟小學的媽媽朋友們聊得不亦樂乎。

我媽、鞘音媽媽、艾蜜姊媽媽則坐在跟滑雪場借的啤酒箱上，拿芋煮當下酒菜開始賞雪喝酒。莉潔穿的是艾蜜姊的備用制服，因此處於萌袖狀態，她現在被同學包圍，接受他們的稱讚與喝采，無法好好吃飯。

「你們幾個！莉潔累了，讓她休息啦！」

「陽介明明一天到晚跟莉潔吵架～」

「要、要你管！我偶爾也會有溫柔的時候！」

陽介在跟同學爭執……他還是一樣不坦率。本來想稱讚剛開完演唱會的莉潔，在周圍晃來晃去，卻被同學搶先一步，這似乎害他亂了手腳。

「讚啦讚啦！再做大一點！」

「嗯！把身體做得特大號——！」

踩在新雪上的低音，以及吵鬧的嘻笑聲，來自那兩個快三十歲的人。臣哥和雛子學姊穿著制服在滾雪球。不用說，就是在做雪人。

如氣象預報所示，天氣愈來愈差。雖然還沒正式下起大雪，光站在原地，頭頂和肩膀就會被花瓣大小的雪花染成白色。但明天是星期日。我們都不怕感冒，享受著僅剩幾小時的聖誕節。

「……你不去跳土風舞？」

「我沒關係。在這邊取暖看大家玩就很開心。」

「……這樣啊。那我也待在這裡。」

我們微微駝背，坐在三個排在一起代替長椅的啤酒箱上。鞘音當然近在身旁。

在眼前遮蔽視線的是熱情地燃燒木柴狂舞的火焰。有別於夕陽的橘光，分給我們同樣的光輝及舒適的熱度。

「記得我們在國中的運動會上跳過土風舞。我和妳……踩著超僵硬的舞步，被來參觀的媽媽他們笑。」

「……是你跳太爛。我跳得很完美。」

「不不不，還不都是因為妳說『我不想被基礎這個概念束縛』，在那邊跳自創舞步。我才是完美的。」

「……我不記得我說過那種話。我應該是更普通的小孩。」

我們兩個精神年齡都跟國中生一樣。無聊的推卸責任持續了五分鐘左右。

「呵呵呵，我倒覺得桐山同學不是普通小孩喔～」

學務主任不知何時站到旁邊，愉快地笑著。好像是碰巧路過後面，聽見我們的對話。

「學務主任果然也這麼想！國中時期的鞘音很奇怪對吧！」

「與其說奇怪……不如說不被常識束縛，是個自由的孩子～常常讓我們老師傷透腦筋就是了～」

「……以前給您們添了那麼多麻煩，真的非常抱歉。」

事到如今才在反省的鞘音向學務主任鞠躬道歉。學務主任以溫和的語氣安慰她「我沒放在心上啦～」。

「時間也晚了，我該叫學生回去嘍～今天我玩得很開心，肩膀和腰都在痛呢～」

剛才演奏到激烈的曲子時，跟當地觀眾融為一體的學務主任會甩動血管浮出來的纖細手臂，甩頭甩到脖子都快斷了，激動到不行。

這個人還能活很久。一扯到音樂，他就會性格大變。

「我們才要謝謝您。一直受到您的幫助……太感謝了。」

「不會不會～我也是自願幫忙的～有什麼事再來找我商量吧，別客氣～」

學務主任和帶隊的老師們帶著小學國中高中生離去。時間早就過了晚上九點，等等是大人的時間。

「喂喂喂，杉浦。你是不是忘了跟我打招呼啊？」

「唔哇……就是因為知道會變成這樣，我才想早點回去～松本同學，桐山同學……救、救命——」

來不及逃跑的學務主任被我那喝得爛醉的老媽一把抓住。

她用快退休的老人不可能逃得掉的腕力勾住他的肩膀，將化為受驚的小羊的學務主任帶去參加美女媽媽們的聚會。

我和鞘音假裝沒看見。對不起，學務主任……松本家的女王無人能反抗。有喧囂聲不絕於耳的空間，也有人選擇有意義地度過安靜的時間。

松本修和桐山鞘音屬於後者。在沉默中不時閒聊個一兩句，看著同樣的景色，於分秒不差的時機微笑。

僅此而已，我卻再無其他渴望。內心被逐漸填滿。

「好——！第二屆跟依夜莉姊比腕力贏的人就能被親臉頰大賽，開始啦啊啊啊啊啊啊啊啊啊啊啊啊啊啊啊啊啊啊啊啊啊啊啊啊啊啊！」

離慶功宴開始過了兩小時，參加者的情緒也往異常的方向高漲。

聽起來很蠢的比賽，似乎在臣哥的一聲號令下重新揭開序幕。

「放馬過來，你們這群色老頭！看我把你們統統撂倒！」

演唱會前她明明很不甘願，現在微醺的媽媽卻超有幹勁。

親吻鄰居大叔的母親這個畫面太驚悚，拜託我媽一定要贏。

「依夜莉姊……再一次……再一次就好！被穿制服的依夜莉姊親是我從小的夢想！只有今天才有機會實現！」

「行啊，正清。你手臂斷了我也不負責喔！」

媽媽和臣哥的比賽愈來愈激烈，我和鞘音翻了個白眼。尤其是臣哥的夢想超級無聊……我不禁露出傻眼的笑。

「唉，瞧他們那麼興奮。男人真的好蠢～」

雛子學姊同樣毫不掩飾無語的表情，走到我們旁邊。蓬鬆的頭髮、認真化的妝、沒穿好的制服，打扮得跟辣妹一樣，我應該要花點時間才能習慣她這副模樣。

跟平常上班族的風格不同，這樣的雛子學姊也很有魅力……不如說她一靠近，我就明顯心跳加速。清爽的香水味拂過鼻尖，強烈刺激男性的本能。

「請不要一竿子打翻一船人。像我就沒參加比腕力大賽啊。」

「那是因為對象是你媽吧～？如果是和艾蜜莉學姊比腕力，你會不會參加？」

「…………………不會。」

「……修，為什麼沒有立刻回答？」

鞘音用銳利的鄙視眼光線灼燒思考了幾秒的男人。是雛子學姊的問法太壞了啦。碰到這種情況……健全男性都會猶豫。

「這座城鎮……是個好地方呢，大家都很溫柔。」

雛子小姐笑出聲來，眼中映著熊熊燃燒的烈火。

「我也這麼認為。」

「我想請你們聽我說一下『童話故事的後續』。第三個後悔。」

語畢，雛子學姊雙手扠腰地站著，把STRONG牌的罐裝酎HIGH拿到嘴邊。咕嘟咕嘟地喝了幾口後，吐出如同霧氣的白色吐息，混入雪片之中。

「變成旁觀者的小雞也有過『第一次兼最後一次』的機會。事情發生在高三的冬天……雪人在煩惱要不要跟雪兔分手。」

我知道。我最相信的大哥告訴我的。那個人為了繼承家業，為了不妨礙對方的夢想，曾經考慮要乾脆地放手。

「小雞非常猶豫……也動過歪腦筋，最後她選擇推雪人一把。斷絕煩惱的雪人向雪兔求婚，兩人過著幸福快樂的生活。可喜可賀、可喜可賀。」

小雞鼓勵了雪人，點燃即將消失的戀情。明明勸他們分手的話，小雞說不定會有希望跟他在一起。

雛子學姊兩眼直盯著遠方的某一點，大概是在回想誰都沒受傷的「維持現狀」的結局。

「橫刀奪愛這種事……我做不到。看到他們兩個……不對，他們三個的笑容……雖然有留戀，卻不後悔……現在這個瞬間，我可以這樣告訴自己。」

得不到幸福的她，視線前方是圍著中央的營火跳土風舞的臣哥、艾蜜姊、莉潔這個三人家庭。假如九年前的小雞破壞了這段關係，應該就看不見這家人的笑容了吧。她沒有試圖讓雪人喜歡上自己，反而成了他的推手。

小雞選擇的未來，是為了讓自己未來不會後悔而接受的留戀。

「學弟，你們為什麼要幫助小雞？」

「這座城市和這裡的人……拯救了我。雖然我自己都還不清楚人生的方向，這次……我希望能換我幫助為愛所苦的人。就這麼簡單。時間不會倒流，但可以取回。因為……我就是這樣。」

「討厭……我覺得自己遇到一個好棒的學弟。」

「我也沒做什麼。我能做到的只有拜託大家。」

學姊凍得發紅的手放到貶低自己的學弟肩上。

「不，我覺得大多數的人都是『因你而行動的』。學長和其他人也說過喔。說你都在默默幫忙處理雜務。準備大量的蔬菜和廚具，用冰水洗乾淨削皮。策劃整個活動和負責指揮的也是你吧？」

「我只是拿臣哥和妳當範本而已，因為我不是天才型的人。而且，妳的情報有點不正確喔。」

「……修沒有『默默』幫忙。他常常碎碎唸，說什麼『裝蔬菜的紙箱好重』、『水好冰我的手要斷了』、『冬天太冷了』。」

「呵呵……啊哈哈哈哈！不愧是前尼特族！這才是我廢廢的學弟！」

聽見鞘音的補充說明，雛子學姊狂拍我的肩膀，捧腹大笑。

「就算只有一天也好，能回到國中時期可說是太過奢侈的幸福。小雞說不定在感嘆……若這是一場夢，真希望不要醒來。」

學姊真的很不乾脆，提到小雞的時候還是用第三人稱。我還沒輸。因為我沒聽見對方的答覆。

那是永不結束的初戀（Everlasting）。誰都不會受傷，不會傷害，將單箭頭扭曲的青春。

「本來覺得可以跟對方永遠在一起是騙人的，不過憐憫我的神明……不，你們賜給了我聖誕節的奇蹟……我就相信一下吧。」

雛子學姊眼角有點腫，早已停止哭泣的她的臉上卻帶著笑容。

「大部分的初戀都不會有結果。我也一樣。」

身為我初戀對象的英國人大姊姊被某個情敵搶走了。

「但是……總有一天會出現比初戀更喜歡的人。在那之前繼續把心意寄託在初戀身上也不錯吧。」

「會有那樣的人出現嗎？我的喜好是大我一歲，跟哥哥一樣，短髮的前不良少年，自稱狂野系帥哥，喜歡黑廂型車、喜歡嘻哈音樂、喜歡成熟的長髮女性、神經大條、常笑，講話有口音、別人遇到困難會伸出援手……在汽車工廠上班，總是悠悠哉哉的笨男人喔？」

「……妳的喜好太明顯，害我腦中浮現一個欠扁的人。」

鞘音中肯地吐嘈。我和雛子學姊不禁失笑，笑到腹肌都快練出來了。

這學姊真教人傷腦筋。扭曲的個性無藥可救，怎麼想都覺得她會一輩子單戀下去。

「今天……謝謝你們！我爺爺要開車來接我，一晚限定的灰姑娘該回去當村姑嘍。」

雛子學姊半是開玩笑地扯開話題，一口氣喝完剩下的罐裝酎HIGH。

她揮著左手邁步而出，彷彿在說自己的任務到此結束。

「明天開始，三雲雛子就是為別人的戀情打氣的大姊姊。可愛的學弟妹們，盡情享受戀愛吧。聖誕快樂！」

嬌小的背影逐漸遠去，留下貼心的鼓勵當餞別禮。她慢慢遠離火光的範圍，沒有東西可以照亮她的身影。

臣哥和雛子學姊堆的雪人頭頂放著一隻雪做的小雞。儘管無法從正面相擁，小雞從今以後也會在比戀人更近的距離——

我和鞘音都沒有對她說安全牌的同情或鼓勵。只是默默守望苦惱的雛子學姊得出的答案，最後選擇接受的後續。希望我們這兩個學弟妹能一面守望她，一面栽培「小小的夢想與我們力所能及的日常」，以免害學姊過度操心，罵我們一頓。

「鞘音，要不要一起做雪燈？」

我撐起沉重的身體蹲到雪地上，對鞘音招手。

「……嗯。好啊。」

她點頭冷冷回了一句，在我對面蹲下。我們像幼稚園兒童似的捏起雪，用手拍硬。一般的圓筒狀無法滿足我們，所以我們試著在造型上下工夫。

「鞘音，妳相信雪燈的都市傳說嗎？」

我慢慢把雪捏緊，在閒聊的途中問她。

「……不相信。我沒那麼浪漫。」

鞘音立刻回答。聲音始終冷靜又清澈。

我依然心繫於你

I'm still thinking about you.

「……我相信我們的人生是自己一路走來，明明那麼痛苦，還是努力掙扎，雙方心意相通的結果。永遠在一起的未來是要親手掌握的。」

說的沒錯。我也不想把這歸功於莫名其妙的迷信。

「我做雪燈是因為可以跟你留下回憶。就這麼簡單。」

「做個漂亮的雪燈吧，好讓我們明天、後天、好幾年後……都能聊同樣的回憶。」

跟講給國高中生聽的膚淺都市傳說無關。我們很開心。以我們之間的距離感度過的「戀人的時間」再重要不過，因此我們毫不在意他人的目光，公然放閃，用雪製作藝術品。

十幾分鐘後，我們做好一個聖誕樹形狀的雪燈。雖然小到連膝蓋都搆不到，一點燃放在洞裡的蠟燭——我們的臉便罩上朦朧的橘色。映在鞘音眼中的光將她標緻的容顏襯托得更加美麗。

真可惜啊。「如果左邊的世界是鮮明的」，就能把妳迷人的微笑看得更仔細了。

「……聽說初戀通常不會有結果，但我跟初戀對象在一起了。雖然你的初戀不是我，這讓我有點不開心。」

鞘音表現出些微的愛意和嫉妒，我苦笑著請她原諒。

「……如果你答應明年也跟我一起做雪燈，我就原諒你。」

「嗯，我答應妳。明年也一起——」

我用右手小指勾住鞘音伸出的右手小拇指。拿掉手套的手硬梆梆的，因為輕度凍傷的關係而發紅。

不過，只要將體溫分給對方就不會凍僵。我們很想一直勾著手指，依依不捨，可是不打完勾勾，約定就不算數。

「……打勾勾。」

——以鞘音孩子氣的呢喃為信號，小指的溫度輕輕遠離。

聖誕快樂。用視線對飲，向即將結束的聖誕夜乾杯吧。

凌晨十二點將近——聖誕節很快就要結束。

與睡魔同行的眼皮違背我的意志。演唱會結束後，痛快的疲勞感支配我的全身，再加上溫度近似暖爐的營火，導致我的身體和大腦都在渴求睡眠。

「……修，你睏了嗎？」

「……好像有點累。」

好想睡。鞘音對頭部快被重力吸過去、雙眼無神的我表示關心。臣哥一家和媽媽他們有說有笑的聊天聲成為輕快的搖籃曲，邀我墜入夢鄉。

「……要一起回家嗎？我開車來的，也沒喝酒。」

「不……我還不想回去。我想……再待一下。」

至少在還是聖誕節的時間，想跟穿著充滿回憶的制服的戀人在一起。

「……可以靠在我身上。你很努力……所以破例借你靠。」

「超開心的。那就恭敬不如從命嘍。」

哪有男朋友會糟蹋女朋友過於完美的建議。我像是被坐在右邊的鞘音那緊實的大腿吸引般，上半身毫不猶豫倒下去。

「……不是那裡。我要借的是肩膀。」

我這個人很貪心，所以比較想要腿枕。現在是冬天，沒辦法直接接觸到她的肌膚，不過隔著褲襪還是能感覺到柔軟的彈性。完美的微熱慢慢滲透凍僵的右臉。

一秒、兩秒……規律流逝的時間是通往午夜零點的倒數計時。我順從睡意，放鬆緊繃的關節，緩慢地用沉重的眼皮蓋上雙眼。

「我彈得……怎麼樣？足夠得到……妳的稱讚嗎……？」

我眼睛已經閉上了。不曉得沉默不語的鞘音現在是什麼表情。

「……嗯。你一直在支撐我。光是跟你在一起……我就能唱得很舒服。」

她沒有回答我彈得如何。我表現得好嗎？

音量逐漸降低，聽不清楚。已經無法確定是我開始被睡魔支配，還是鞘音的聲音明顯變得沙啞。

不過，玷汙靜寂的聖誕夜，楚楚可憐的細微呼吸聲——

「所以……請不要消失。求求你……」

悄悄透露出蘊藏深沉憂愁的「自言自語」。

連環境音都遠離我的感覺。流向意識的外側。

累積大量疲勞的身體準備陷入暫時的沉眠。

…………

…………

「……你睡著了？修，你醒著嗎……？你只是睡著了……對不對？」

這是鞘音的聲音。她提心吊膽地輕聲詢問。

「下次……要換你主動喔。」

左臉感覺到輕微的觸感。

忽然被柔嫩的物體碰到——的感覺。

大概不是雪。因為臉頰被碰到的地方殘留著些許熱度。

遠去的意識恢復。我反射性揚起臉望向上方，可愛又美麗的容顏只離我數公分遠。正在讓我躺大腿的鞘音彎下上半身，似乎將「淡粉色的什麼東西」貼上了我的臉頰。

「……你醒著就說嘛。太卑鄙了。」

她紅著臉悶悶不樂，不曉得是不是錯覺。

我輕輕撫摸擅長掩飾害羞的她那頭柔順的長髮……彷彿在用手梳理。

「抱歉。作為賠罪……這次換我主動。」

「……嗯。那就扯平了。」

跟剛才相反。

鞘音閉上眼，靜靜地迎接我。

「鞘音……我喜歡妳。比初戀……還要更愛妳。」

「我也是……我會永遠喜歡著修。」

平靜、確實地互相吸引。雙方的嘴唇也順從戀人的慾望互相貼近。

十二月二十五日。

凌晨十二點的兩秒前左右。

在被銀雪覆蓋的大地和下著寂寥淡雪的深夜——

我們第一次，接吻了。

後記

戀愛的時候，比起告白後被甩，沒能傾訴心意就放棄的情況說不定更多。

沒有勇氣、對方有喜歡的人、討厭被人拿來談論、害怕破壞現在的關係……放棄告白的理由因人而異。

回想起來，我也經常像雛子那般選擇「維持現狀」。會害怕，對吧？因為搞不好會無法維持目前的關係。

我想在《我依然心繫於你》第二集中，直接寫出那樣的感情。

如果第一集是被過去所束縛，痛苦不堪，不斷逃避後抓住的戀愛故事，第二集就是始終維持現狀，失戀未滿的後日談。我將三雲雛子這名女性長年來抱持的情緒、埋藏在心中的初戀，描寫在冬天這個純白的季節。

雛子對修他們而言是開朗的學姊，對正清他們而言是如同妹妹的學妹，是擁有兩面性的萬能存在，會表現出各種表情及感情，所以我很喜歡她。

老實說，寫這個故事時我的心很痛。第一集是邁向「取回青春」這個好結局的故事，第二集則會描寫到「完全沒救的初戀的結局」，導致我不小心和雛子產生共鳴，寫起來心情很沉重。

然而，篇幅不夠我寫完正清和艾蜜莉的戀愛故事，以及雛子的心情。

這次有寫到一些雛子視角的回想，但我很想花個三百頁寫包含艾蜜莉在內的三個人的學生時期……雖然無法保證，不過若有機會，希望能在未來將連三角關係都稱不上的過去篇寫成書。

當然，修也有成長一點。不甘不願地被正清抓著到處跑的男人，為了成為將身邊的人牽連進去的那一方而四處奔波的模樣，真的很不起眼，但如果各位能溫柔守望他的成長，包括和戀人鞘音談的笨拙戀愛，我會很高興。

然後，這一集的插畫也美到我大受感動。我被フライ老師筆下的鮮明世界迷住了。即使我現在很冷靜，其實每次看到插圖我都會「啊啊……フライ老師……您、您太厲害了……」在心中膜拜老師。

這部作品的登場人物年紀偏高，所以讓他們穿制服不但會變成角色扮演，也沒有校園戀愛喜劇那種未成年特有的酸甜滋味。

儘管如此，希望與故鄉的朋友喝酒聊天，感嘆、緬懷再也無法重來的過去的日子，能讓各位讀者覺得是「大人的青春」。

雪燈點燃後非常漂亮，有興趣的讀者請務必自己做做看。
故事尚未完結。
但願——可以寫到青春的傷停時間結束的那一刻。

あまさきみりと

與佐伯同學同住一個屋簷下 I'll have Sherbet 1~5（完）

Kadokawa Fantastic Novels

作者：九曜　插畫：フライ

為了補償錯身的那段日子，兩人甜蜜的戀愛喜劇第五幕即將開演！

弓月恭嗣和佐伯同學在各自家裡度過了歲末年初的時光後，接著迎來第三學期。不僅寶龍同學釋出善意想要改善關係，還有佐伯同學的朋友芳木燿來家裡借宿，兩人過著忙亂卻又愉快的每一天。期間，自稱紅瀨家管家的男人出現在兩人面前——

各 NT$220~270/HK$67~80

國家圖書館出版品預行編目資料

我依然心繫於你/あまさきみりと作；Runoka譯. --
初版. -- 臺北市：臺灣角川股份有限公司, 2021.04-
　冊；　公分. -- (Kadokawa fantastic novels)
譯自：キミの忘れかたを教えて
ISBN 978-986-524-361-6(第1冊：平裝). --
ISBN 978-986-524-550-4(第2冊：平裝)

861.57　　　　　　　　　　　　110002184

Kadokawa
Fantastic
Novels

我依然心繫於你 2

（原著名：キミの忘れかたを教えて 2）

2021年6月28日 初版第1刷發行
2023年10月16日 初版第3刷發行

作　者：あまさきみりと
插　畫：フライ
譯　者：Runoka

發行人：岩崎剛人
總編輯：蔡佩芬
編　輯：高韻涵
美術設計：莊捷寧
印　務：李明修（主任）、張加恩（主任）、張凱棋

發行所：台灣角川股份有限公司
地　址：104台北市中山區松江路223號3樓
電　話：（02）2515-3000
傳　真：（02）2515-0033
網　址：www.kadokawa.com.tw
劃撥帳戶：台灣角川股份有限公司
劃撥帳號：19487412
法律顧問：有澤法律事務所
製　版：尚騰印刷事業有限公司
ISBN：978-986-524-550-4